Beverly Cleary

# La future meilleure amie de Ramona

Traduit de l'anglais (États-Unis)
par Nadia Butaud

Neuf
*l'école des loisirs*
11, rue de Sèvres, Paris 6e

Du même auteur à *l'école des loisirs*

Collection NEUF

*Garde conjointe*
*Ramona la peste*
*Ramona l'intrépide*
*Signé Lou*


*Titre de l'édition originale : « Ramona's World »*
*(Morrow Junior Books, New York)*
*Loi n° 49.956 du 16 juillet 1949 sur les publications destinées à la jeunesse : mars 2001*
*Dépôt légal : mars 2001*
*Imprimé en France par Bussière Camedan Imprimeries à Saint-Amand-Montrond*
*N° d'édit. : 3950. N° d'impr. : 010618/1*

# Sommaire

# 1

## Ramona répand la nouvelle

Ramona Quimby avait neuf ans. Elle avait les cheveux marron, les yeux marron et pas de caries. Elle avait une mère, un père, une grande sœur nommée Béatrice mais appelée Beezus par sa famille et – c'était la partie passionnante – une petite sœur, encore bébé, nommée Roberta, prénom qu'elle tenait de son père, Robert Quimby.

– Regarde ses ongles minuscules, s'émerveillait Ramona en observant Roberta endormie, et ses petits sourcils. C'est déjà une personne complète, mais en plus petit.

Ramona attendait avec impatience le premier jour d'école, jour où elle pourrait propager la nouvelle de la naissance de sa petite sœur.

Ce jour arriva enfin. C'était un jour chaud de septembre, et Ramona, propre comme un sou neuf, son panier-repas à la main, gambadait et sautait à cloche-pied, faisant craquer les feuilles sèches qui se trouvaient sur le trottoir. Elle était en avance, elle le savait, mais Ramona était le genre de fille à être toujours en avance car elle ne voulait pas rater ce qui pouvait arriver. La quatrième année* allait être la meilleure année de sa vie.

Ramona arriva la première à l'arrêt de bus qui se situait devant la maison de Mme Pitt. Mme Pitt sortit devant sa porte et se mit à balayer son perron.

* Aux États-Unis, l'école primaire dure six ou huit ans. On y entre à cinq ans en «first grade» (première année). La quatrième année est donc en quelque sorte l'équivalent du CM1.

– Ohé, madame Pitt, appela Ramona. Vous savez quoi ? Ma petite sœur a deux mois !

– Tant mieux pour elle, dit Mme Pitt qui aimait bien les bébés du voisinage car les bébés ne jetaient pas d'emballages de bonbons ni de pages usées de cahier d'orthographe sur sa pelouse.

Ramona fit semblant de jouer à la marelle jusqu'à ce que son ami Howie, qui connaissait déjà bien Roberta, arrive en même temps que d'autres enfants. Certains étaient accompagnés de leurs mères qui étaient très excitées à l'idée de ce premier jour d'école.

– Salut, Ramona, dit Howie.

Puis il s'adossa à un arbre planté dans la bande d'herbe entre le trottoir et la rue. Il ouvrit son panier-repas et commença à manger son sandwich. Ramona savait qu'il faisait ça pour ne pas avoir à porter son déjeuner.

– Eh, petit! héla Mme Pitt. Ne jette aucun papier, ni aucune pelure d'orange devant chez moi. Et va-t'en de mon gazon!

– D'accord.

Howie croqua une autre bouchée de son sandwich tout en regagnant le trottoir. Howie n'était pas facilement excité, ce que Ramona trouvait parfois énervant. Elle était souvent excitée. Elle aimait être excitée.

Quand le bus jaune s'arrêta, Ramona fut la première à y monter. Elle se laissa tomber sur un siège avec d'un côté l'allée et de l'autre un enfant de quatrième année, un garçon nommé Danny qui portait un T-shirt blanc où l'on pouvait lire l'inscription: «Pionniers». Ramona l'appelait Ouistiti parce qu'elle trouvait que, dans la cour de récréation, il se comportait comme un singe. Elle était contente qu'il n'ait pas déménagé pendant l'été.

– J'ai une nouvelle petite sœur, l'informa-t-elle.

Ouistiti ferma les yeux et se frappa le front avec la paume de sa main.

– Une nouvelle Ramona, dit-il.

Puis il poussa un gémissement.

Ramona ne voulut pas sourire.

– Tu as un petit frère, lui rappela-t-elle.

– Je sais, répondit Ouistiti, mais on le garde seulement comme animal de compagnie.

Ramona lui fit une grimace pour qu'il ne sache pas qu'elle l'aimait bien.

À l'arrêt «École Cedarhurst», Ramona sauta hors du bus. Elle salua ses copains dont la plupart portaient des vêtements neufs, ou tout du moins propres, pour entamer cette quatrième année d'école. Quand elle aperçut Janet, qu'elle avait souvent vue dans le parc durant l'été, elle compara avec elle les cals qui se trouvaient dans les paumes de leurs mains. Impressionnée, Janet s'exclama :

– Tes cals sont vraiment énormes !

C'était vrai. Les cals de Ramona étaient durs et jaunes parce qu'elle habitait près du parc et qu'elle y allait souvent avec Beezus, sa mère et Roberta quand il faisait chaud. Elle s'était beaucoup exercée aux anneaux – traction, traction, balancement, traction, traction, balancement – et, avant la fin de l'été, elle avait été capable de faire la traversée aller et retour de la rangée d'anneaux du portique.

– Voilà Susan, s'écria Janet qui courut la rejoindre.

Ramona la suivit à contrecœur.

– Salut Susan, dit-elle en observant les courtes boucles blondes de Susan.

– Salut Ramona, répondit Susan.

Aucune des deux ne sourit. Le malaise venait du fait que les Quimby et les parents de Susan, les Kushner, étaient amis. Ramona ne savait pas ce que Mme Kushner disait, mais ses parents à elle n'arrêtaient pas de lui dire des trucs comme : « Sois gentille avec Susan », « Susan est si mignonne et si bien élevée » ou encore : « La mère de Susan dit que Susan débarrasse toujours la table sans qu'on ait besoin de lui demander. » À cause de telles remarques, Ramona n'appréciait pas trop Susan. Et ce n'était pas tout. En effet, à la maternelle, Susan n'aimait pas Ramona qui ne pouvait pas résister au plaisir de tirer sur les longues boucles qu'elle avait alors et de dire : « Boïng ! » en les relâchant. En première année, alors que la classe fabriquait des hiboux à partir de sacs en papier, Susan avait copié le hibou de Ramona. La maîtresse avait élevé à bout de bras le hibou de Susan pour que toute la classe le voie. Ramona avait trouvé cela tellement injuste qu'elle avait écrasé le hibou de Susan et s'était attiré des ennuis, de gros ennuis. Après cela, comment aurait-on pu espérer que les deux filles soient amies? Comme Ramona le prévoyait, les cals que Susan avait sur les mains étaient si petits qu'on pouvait à peine les voir.

Et puis Ramona vit une nouvelle qui était toute seule. Ramona se dit qu'elle aussi devait sûrement entrer en quatrième année. Comme elle admirait les longs cheveux blonds de cette fille, elle décida d'aller vers elle pour lui demander son nom.

– Daisy, répondit la fille. Daisy Kidd.

Quand elle sourit, Ramona vit qu'elle portait un appareil dentaire.

– Comment tu t'appelles? demanda Daisy.

Quand Ramona le lui dit, la cloche sonna, mettant fin à leur conversation.

Sur le chemin de sa nouvelle classe, Ramona passa devant son ancienne salle de classe. La maîtresse se tenait debout devant la porte pour accueillir ses nouveaux élèves. Quand elle vit Ramona, elle lui fit un signe de la main et dit :

– Comment va ma Ramona aux yeux brillants et à la queue fournie ?

Les gens comparaient souvent Ramona à un chat. Quand elle était plus petite, Ramona clignait des yeux, levait ses mains comme des pattes et remuait son derrière comme si elle agitait une queue. Mais maintenant, elle était en quatrième année et elle était trop grande pour de tels enfantillages, alors elle fit juste un signe de la main et dit :

– Bonjour, madame Whaley.

La maîtresse de quatrième année de Ramona était Mme Meacham, une femme grassouillette et joyeuse qui portait un tailleur-pantalon vert et un chemisier à fleurs, ce qui était bon signe. Ramona aimait les maîtresses qui s'habillaient avec des vêtements aux couleurs vives et joyeuses. Ramona estima que Mme Meacham devait être très vieille, car le père d'Howie avait été à l'école avec elle quand il était petit.

Après avoir passé en revue sa nouvelle maîtresse, Ramona regarda le tableau destiné à l'orthographe. Il n'y avait rien d'écrit dessus : un autre bon signe. Mme Meacham distribua les étiquettes portant le nom des élèves de la classe et fit un petit discours expliquant combien ce qu'on apprenait en quatrième année était amusant et combien il était nécessaire que tous participent à faire de cette année une année formidable. Puis elle distribua des feuilles bordées de dinosaures. Ce qui était un autre signe prometteur, pensa Ramona, même si les dinosaures sont plus pour les troisièmes années que pour les quatrièmes.

– Eh bien, pour mieux vous connaître, dit Mme Meacham, je voudrais que chacun d'entre vous m'écrive un petit texte où il me parle de lui-même.

Alors que Ramona se tapotait le nez avec son stylo, elle remarqua que Ouistiti, qui était assis de l'autre côté de l'allée, était déjà en train d'écrire, sans avoir apparemment eu besoin de réfléchir. Susan, assise devant Ramona, appuyait sa tête contre son poing. Un garçon alla se servir du taille-crayon de la classe. Quelqu'un soupira. On entendait le bruit de pieds traînant sur le sol.

Ramona se mit à écrire. Elle aimait écrire en attaché parce qu'en troisième année, la maîtresse lui avait dit une fois: «Ramona, j'aimerais écrire aussi bien que toi en attaché.» Maintenant elle écrivait vite car elle avait beaucoup de choses à dire : *Je m'appelle Ramona Quimby. J'ai une petite sœur. Elle est mignonne. Elle urle quand elle est affanée.* Ramona s'arrêta un instant. « Urle » semblait bizarre. Peut-être devait-on l'orthographier « hurle » et non « urle ». Enfin, ça irait. De toute façon, tout le monde comprendrait ce qu'elle avait voulu dire. Elle avait tant à dire qu'elle n'avait pas de temps à perdre avec l'orthographe. *Parfois je la fais boire dans un ver.*

Ramona aimait écrire. Son visage rougissait à mesure qu'elle écrivait de plus en plus vite vers les dinosaures du bas de la page. Sa dernière ligne, qui était loin d'être aussi propre que la première, traversait les têtes des dinosaures. *Elle sait attraper mon doit. Ma mère dit que je lui ressemblais. Elle dit que je peux lui servir de modelle.* Entre un brontosaure et un tyrannosaure, Ramona trouva une petite place pour dessiner le visage minuscule d'un bébé endormi.

Ramona était fière de son travail. Elle jeta un coup d'œil autour d'elle pour voir ce que ses camarades de classe avaient écrit sur eux-mêmes. Elle se pencha en avant pour regarder par-dessus l'épaule de Susan. Susan avait écrit très proprement en attaché une demi-page et était occupée à colorier les dinosaures, proprement, avec ses crayons. Ramona lut: *Je m'appelle Susan. Ma couleur préférée est le bleu. Ma nourriture préférée est...* Ramona n'eut pas besoin d'en lire plus. Elle se leva à moitié de son siège pour regarder de l'autre côté de l'allée vers la table de Ouistiti et lire ses lignes propres et montantes: *Je m'appelle Daniel. Appelez-moi Ouistiti. J'ai neuf ans. Je ne suis pas marié. Je suis un gamin et fier de l'être.*

«Moi aussi», pensa Ramona, pleine d'admiration pour Ouistiti, un garçon malin qui obtenait toujours des bons points ou un «bon travail» au haut de ses devoirs, et qui semblait toujours sur le point de s'attirer des ennuis. D'une façon ou d'une autre, il ne s'en attirait pas, en tout cas pas en classe. Dans la cour de récréation, c'était lui qui courait le plus vite, qui criait le plus fort et qui envoyait avec son pied les ballons plus loin qu'aucun autre garçon.

– Très bien, les enfants, dit Mme Meacham, faites passer vos feuilles devant.

Ramona était si contente de son travail qu'elle regrettait presque de s'en séparer.

À l'heure du déjeuner, heure à laquelle la classe allait à la salle polyvalente, Daisy s'assit à côté de Ramona.

– Tu veux bien que je m'asseye là? demanda-t-elle.

– Bien sûr, répondit Ramona.

Elles ouvrirent en même temps d'un coup sec leurs sacs de déjeuner. Elles partagèrent les chips au maïs de Ramona et chacune mangea la moitié du brownie de Daisy. Ramona parla de Roberta à Daisy. Daisy dit qu'elle aimerait bien avoir une petite sœur. Elle n'avait qu'un grand frère. Ramona admira les longs cheveux blonds de Daisy, Daisy admira les cheveux courts de Ramona et lui dit qu'elle avait de la chance d'avoir des cheveux qui ne s'emmêlaient pas quand on les lavait. C'était un bon début.

Après le déjeuner, Mme Meacham déclara :

– J'ai eu le temps de jeter un œil à ce que vous avez écrit et il y a une description que je voudrais vous lire.

« La mienne ! La mienne ! », pria en silence Ramona. Et, effectivement, ce fut la description de Roberta par Ramona que la maîtresse choisit de lire. Mme Meacham ne semblait pas avoir remarqué les quelques mots mal orthographiés. Elle savait ce que Ramona avait voulu dire. La classe parut apprécier cette lecture et Ramona était en extase. Elle mourait d'envie d'aller raconter tout ça à sa mère.

Le reste de la journée passa rapidement. Elle courut tout le long du chemin qui séparait l'arrêt de bus de chez elle. Elle trouva sa mère, assise sur le canapé, en train de boire du thé et de lire un livre de son club de lecture dont les réunions avaient lieu une fois par mois.

– Tu sais quoi ? s'écria Ramona. J'ai écrit une rédaction sur Roberta.

– Chut ! Roberta dort.

Mme Quimby plaça un marque-page dans son livre avant de le refermer.

– Ça paraît intéressant, dit-elle.

Elle but une petite gorgée de thé.

– Ça l'était, murmura Ramona. C'était si intéressant que Mme Meacham l'a lue devant toute la classe. Mme Meacham a à peu près mille ans, mais elle est gentille.

– Je meurs d'envie de lire ta rédaction, dit sa mère.

Ramona fronça les sourcils, l'air pensif.

– Je crois que j'aurais dû dire que Roberta crache quelquefois.

– On n'est pas obligé de raconter au monde entier nos petits secrets, répliqua Mme Quimby qui semblait amusée.

Ramona apprécia ce sourire car il ne ressemblait pas à un sourire de moquerie. C'était donc l'heure des confidences et Ramona dit à sa mère :

– Il y a une nouvelle qui s'appelle Daisy Kidd. Elle a un appareil dentaire et de longs cheveux dorés comme ceux des princesses de contes de fées. Elle avait un brownie dans son panier-repas. Je crois que je vais beaucoup l'aimer.

– Tout ça m'a l'air parfait, dit Mme Quimby.

Ramona ramassa le livre de sa mère. *Moby Dick.*

– De quoi ça parle ? demanda-t-elle.

– D'une baleine qui arrache la jambe d'un homme, répondit Mme Quimby. Notre club de lecture a décidé qu'on allait lire un livre dont nous avions entendu parler toute notre vie sans l'avoir jamais lu.

– Ça semble passionnant.

Ramona ouvrit le livre qui s'avéra n'avoir pas l'air passionnant du tout. C'était écrit petit, les lignes étaient très rapprochées et il n'y avait presque pas de dialogues. Elle referma le livre. Elle aimait mieux son propre travail. Mais elle aimait aussi Mme Meacham, elle aimait Daisy, elle aimait Ouistiti, elle aimait la quatrième année. Ça allait être une année formidable.

# 2
## Le modèle

Le lendemain matin, Ramona était joyeuse et très excitée en franchissant le seuil de sa classe. Elle le resta jusqu'à ce qu'elle voie – elle aurait dû s'en douter – des mots écrits sur le tableau noir. Elle gémit intérieurement. Pourquoi la gentille Mme Meacham avait-elle fait ça? Elle allait bientôt le découvrir.

– Aujourd'hui, nous allons étudier les mots dont nous avons besoin tous les jours. Quand on écrit sur soi-même, on s'aperçoit qu'il y a des mots dont on a souvent besoin et qu'on ne sait pas orthographier, déclara Mme Meacham.

Ramona regarda plus attentivement les mots inscrits au tableau. Parmi eux, elle lut les mots : « hurler », « affamé », « verre », « doigt » et « modèle ». Ils lui rappelaient quelque chose. C'étaient ses mots. Elle fit la grimace.

– Quelque chose ne va pas, Ramona ? demanda Mme Meacham qui avait vite appris le nom de chacun.

Ramona décida de parler franchement :

– À quoi ça sert, l'orthographe, du moment qu'on est compris par les autres ?

– Tu ne voudrais pas que les gens pensent que tu bois dans un ver de terre et non dans un verre ? répliqua Mme Meacham.

La classe trouva ça drôle, mais pas Ramona, surtout quand tout le monde se mit à rire. Elle sentit son visage rougir. Elle se recroquevilla sur son siège et secoua la tête. Mme Meacham connaissait la réponse. Pourquoi s'était-elle donné la peine de poser la question ?

Mme Meacham continua :

– Et avant de déjeuner, êtes-vous affamés ou affanés ?

La classe rit, plus fort cette fois. Soudain, cette chaude matinée sembla encore plus chaude. Ramona décida à cet instant qu'elle n'aimait pas Mme Meacham, et on n'en était qu'au deuxième jour d'école. Mme Meacham ne disait pas la vérité. Elle disait qu'apprendre était amusant, alors que pas du tout. Du moins pas tout le temps. Pas quand il s'agissait d'orthographe.

Soudain, la quatrième année se mit à s'étirer sans fin, longue, lugubre et pleine de questions d'orthographe. Bientôt il allait pleuvoir, jour après jour, sans interruption. Le bus de ramassage scolaire sentirait les vieilles bottes. Puis, avec de la chance, il neigerait peut-être. Ramona se vit fabriquer des anges avec de la neige dans la cour.

– Ramona, s'il te plaît, reviens parmi nous, dit brusquement Mme Meacham.

La classe rit pour la troisième fois.

Ramona se redressa et observa d'un œil morne les mots écrits au tableau. Elle ne voulait pas vraiment être mauvaise en orthographe. Elle ne voulait simplement pas se donner la peine d'être bonne en orthographe. Elle avait des choses plus intéressantes à faire, même si, à cet instant, elle n'aurait pas su dire quoi. Elle fronça les sourcils et examina ces mots qui étaient issus de ses propres erreurs, mais aussi de celles des autres. Elle détesta ce moment. Mme Meacham expliquait pourquoi il était important de ne pas confondre le « h » et le « l » quand on écrivait en attaché. Elle montra du doigt le mot «close» sur le tableau. Ramona savait que ce n'était pas elle qui avait écrit «close» au lieu de «chose». Il fallait vraiment être un bébé pour faire une telle erreur! Quelle idiotie!

À la récréation, Ouistiti s'arrêta de courir après un ballon pour demander à Ramona:

– Dans quel genre de ver tu bois? De terre ou luisant?

– Tais-toi! répondit Ramona qui ne voyait pas pourquoi elle resterait polie, surtout par cette chaleur.

Puis elle eut une illumination:

– Je bois dans un verre vert et ça s'appelle un ver.

Elle devina qu'il ne la croyait pas.

Susan souriait de ce sourire supérieur dont elle avait le secret. Elle ne disait rien.

– Tout le monde fait des fautes, rappela Janet à Ramona.

– Moi aussi, je suis nul en orthographe, renchérit Howie comme si ça changeait quelque chose.

Daisy souriait, dévoilant son appareil dentaire. Elle dit :

– Je trouve que Mme Meacham n'a pas été très gentille avec toi.

Ramona se sentit mieux.

Quand cette longue journée s'acheva enfin, Ramona s'assit dans le bus le plus loin possible de Ouistiti. Elle fit un petit sourire à Mme Pitt, la balayeuse acharnée, sans se donner la peine de lui adresser un signe de la main. Chez elle, elle trouva sa mère un verre, et non un ver, rempli d'orangeade à la main, encore en train de lire *Moby Dick*.

– Chut, dit Mme Quimby. Ne réveille pas Roberta. Elle n'était pas bien la nuit dernière et la chaleur l'énerve.

Elle posa son livre à côté d'elle et son verre sur la table.

– Qu'est-ce qui s'est passé à l'école aujourd'hui ?

Ramona n'avait pas envie d'être consolée. C'est pourquoi elle répondit :

– Oh, pas grand-chose. Toujours les mêmes trucs. L'orthographe, les multiplications et d'autres trucs.

Puis, parce que sa mère lui disait toujours de voir les choses du bon côté, elle continua :

– Daisy m'a donné la moitié de son cookie aux pépites de chocolat.

– C'est bien, dit Mme Quimby qui semblait penser à autre chose.

– Ramona, ajouta-t-elle de cette voix calme qui signifiait que Ramona allait se faire enguirlander, tu utilises beaucoup trop le mot « truc ». Je suis sûre que tu pourrais trouver de meilleurs mots pour exprimer ce que tu veux dire.

Ramona se sentit persécutée : après la

maîtresse, voilà que sa propre mère s'y mettait. « Truc » était un mot très bien, un mot pratique, à usages multiples et en plus facile à écrire. Si elle avait écrit : « Ma petite sœur est mignonne et elle fait plein de trucs » ou « j'aime la faire boire et d'autres trucs », elle n'aurait pas fait de fautes d'orthographe sur tant de mots et Mme Meacham n'aurait pas eu l'occasion d'être si méchante.

Avant que la discussion puisse se poursuivre, Beezus arriva de l'école. Elle déposa son sac de livres sur la table de la salle à manger et lança un « salut » joyeux à sa mère et à sa sœur.

Ramona répondit par un « salut » grognon.

Souriante et pleine d'enthousiasme, Beezus se jucha sur un des bras du canapé.

– J'adore le collège. Je ne me suis pas trompée une seule fois de salle aujourd'hui. Je crois que je me suis fait une nouvelle amie. Avec ma prof de français, tout paraît très simple. Et j'ai le plus mignon des profs d'anglais du monde, et…

Ramona l'interrompit :

– Et je suppose que tu ne fais aucune faute d'orthographe.

– Eh bien, pas toi, Miss Grognon. Bien sûr que non, et en français non plus.

– Espèce de Miss Je-Sais-Tout, contre-attaqua Ramona qui se sentait vraiment persécutée par la terre entière.

– Les filles ! intervint Mme Quimby d'une voix lasse.

L'après-midi était trop chaud pour ce genre de dispute. De la chambre parvint un geignement qui se transforma en cri et finalement en hurlement.

« H-u-r-l-e-r », épela intérieurement Ramona malgré elle.

– Je vais m'en occuper, offrit Beezus.

« Cette bonne vieille Beezus », songea Ramona en s'enfonçant un peu plus dans son fauteuil.

– Ramona, s'il te plaît, tâche d'être gentille, dit Mme Quimby.

– Je suis gentille, rétorqua Ramona, la mine encore plus sombre.

Beezus revint avec dans ses bras une Roberta en sanglots.

Comme il faisait chaud, le bébé ne portait qu'une couche.

– Qu'est-ce qui ne va pas, Roberta ? roucoula Beezus avant d'embrasser les cheveux du bébé.

Mme Quimby ouvrit les bras pour prendre Roberta qui se pelotonna alors contre l'épaule de sa mère.

– Chut, murmura sa mère.

Roberta cessa de pleurer dans un dernier sanglot hoquetant.

– En voilà, une gentille petite fille,

murmura Mme Quimby avant d'embrasser, elle aussi, les cheveux du bébé.

Ramona se sentit encore plus mal, encore plus mal-aimée, encore plus abandonnée, une fille nulle en orthographe sur laquelle pesait le poids de toute une quatrième année à venir, année qui s'annonçait détestable. Personne n'embrassait ses cheveux, du moins aujourd'hui, alors qu'ils étaient propres eux aussi. Elle s'extirpa de son fauteuil pour prendre la télécommande. Elle alluma la télévision sur une rediffusion de sa série préférée au retour de l'école: *Hôpital central.* Elle voulait oublier ses ennuis en se perdant dans les couloirs de cet hôpital où des gens en pyjama vert tombaient amoureux quand ils n'étaient pas trop occupés à sauver des vies ou à réconforter les désespérés et les solitaires.

– Ramona, s'il te plaît, éteins ça, dit Mme Quimby en regardant sa deuxième fille par-dessus la tête de Roberta. Je voudrais savoir ce qui te tracasse.

– Rien du tout, bougonna Ramona en appuyant sur le bouton de la télécommande et en mettant ainsi fin à la conversation entre le beau docteur et l'infirmière blonde.

Elle s'attendait à ce que sa mère la tire de ses problèmes par des câlins, l'apaise, lui dise que tout allait s'arranger et peut-être même embrasse ses cheveux. Elle s'attaqua à un de ses cals, mais ne l'enleva pas. Elle était fière de ses cals. À cet instant, elle se dit que c'était même la seule chose dont elle était fière.

Avant que Mme Quimby puisse la cajoler, le téléphone sonna.

– J'y vais, s'écria Beezus.

Elle et Ramona se battaient souvent pour répondre, mais pas cette fois.

Bien sûr, Ramona tendit l'oreille. Elle entendit Beezus dire, l'air surpris :

– Oui, j'aimerais beaucoup. Mais je dois demander à ma mère. Une seconde…

Beezus, les yeux brillants et le visage illuminé par la joie, revint dans la pièce et dit :

– Maman, tu sais quoi ? Mme Lucas voudrait que je garde Benjamin samedi soir. Ils ne rentreront pas tard et ils me paieront et tout et tout !

« Et d'autres trucs », pensa Ramona.

Beezus continua :

– Et Mme Lucas dit qu'elle me veut moi parce qu'elle sait que je suis quelqu'un de responsable. Oh, s'il te plaît, s'il te plaît…

– Pourquoi pas, dit Mme Quimby. Nous serons à la maison et donc nous pourrons t'aider en cas de problèmes, même si je suis sûre qu'il n'y en aura pas.

« Pas avec cette bonne vieille Beezus qui est si responsable », pensa Ramona alors que Beezus repartait en dansant vers le téléphone. Après avoir accepté l'offre, Beezus revint ramasser ses livres et s'apprêta à partir dans sa chambre, chambre que les deux sœurs partageaient depuis la naissance de Roberta. Le bébé occupait maintenant l'ancienne chambre de Ramona.

Beezus marqua un temps d'arrêt et dit :

– *Au revoir.*

– Qu'est-ce que ça veut dire ? demanda Ramona qui n'aimait pas que Beezus utilise des mots qu'elle ne comprenait pas.

– Ça veut dire « au revoir » en français, répondit Beezus avant de tourner les talons.

« Sans doute pour aller, en fille responsable, s'occuper de ses devoirs d'école », pensa Ramona.

Mme Quimby mit Roberta sur ses

genoux. Elle tapota de la main la place libre à côté d'elle sur le canapé et dit d'une voix douce :

– Ramona, viens t'asseoir près de moi.

À contrecœur, Ramona rejoignit le canapé en s'asseyant le plus loin possible de sa mère. Elle tenait le talon d'une de ses sandales en équilibre sur le bout de l'autre. Mais en fait, elle avait hâte de se blottir contre sa mère pour lui confier tous ses soucis. La vie était déjà suffisamment dure et maintenant, en plus, Beezus allait crâner en parlant français. Ramona gratta un de ses cals.

– Peux-tu me dire ce qui t'embête ? demanda Mme Quimby d'une voix douce.

Roberta dévisageait Ramona comme si elle voulait lui transmettre ses pensées les plus profondes.

– Rien, soupira Ramona.

– Écoute, Ramona, dit sa mère d'une voix apaisante, je sais que quelque chose te tracasse. Tu te sentiras mieux si tu me dis quoi.

Ramona savait que sa mère avait raison, mais elle soupira encore avant de s'écrier :

– Je suis nulle en orthographe. Mme Meacham me déteste. Elle m'a ridiculisée devant toute la classe. Ils se sont moqués de moi et m'ont fait me sentir encore plus nulle. Tout le monde dit que Beezus est responsable, mais personne ne me le dit, à moi. Tout le monde est aux petits soins avec Roberta et la trouve mignonne, adorable et d'autres trucs. Moi, personne ne s'occupe de moi. Et je ne dois pas dire « truc » et... et... d'autres trucs.

Roberta avait l'air soucieuse.

Mme Quimby ne releva pas les « trucs ». Elle demanda :

– Est-ce que quelqu'un t'a déjà dit que tu n'étais pas responsable ?

Ramona réfléchit.

– Eh bien… non, admit-elle, mais Mme Meacham le pense probablement. Elle n'aime que ceux qui savent l'orthographe. Elle n'aime que ceux qui sont forts en orthographe. Elle les adore.

Mme Quimby sourit.

– Ramona, je crois que tu exagères.

Ramona savait que sa mère avait raison, mais elle n'y pouvait rien : exagérer lui faisait du bien.

– Rapporte tes mots d'orthographe à la maison et nous t'aiderons.

Mme Quimby était réconfortante. Mais Ramona n'était toujours pas prête à être réconfortée.

– Et n'oublie pas, poursuivit sa mère, ce n'est que le deuxième jour d'école. Mme Meacham est là pour t'apprendre des choses. Tout sera différent quand tu la connaîtras mieux et que ton orthographe s'améliorera.

Ramona se sentait plus tranquille après s'être confiée. Mais elle n'était pas encore prête à le reconnaître. Comment sa mère savait-elle que son orthographe s'améliorerait ? Peut-être que ça empirerait ? Roberta la dévisageait comme si elle essayait de deviner ses pensées. Ramona la dévisagea à son tour. Apitoyée sur son sort, elle se disait qu'elle aimerait que, comme Roberta, on l'appelle « Chérie » et « Amour ». « Mais non, je ne suis que cette pauvre Ramona, quelconque et minable. » Elle tira la langue à Roberta et, tout de suite, eut honte d'elle-même. Sa petite sœur était douce et innocente.

Alors, à la surprise de Ramona, Roberta lui tira la langue. Ramona n'arrivait pas à y croire. Ça devait être une coïncidence. À titre d'expérience, Ramona tira la langue à nouveau. Roberta sourit franchement et tira encore la langue. C'était devenu un jeu. Ramona pouvait à peine en croire ses yeux.

– Maman, tu as vu ? demanda-t-elle la voix remplie d'étonnement. Roberta a tiré la langue quand j'ai tiré la langue, et elle a souri, vraiment souri, comme si c'était un genre de jeu.

Mme Quimby rit.

– Je t'avais dit que Roberta voudrait te ressembler.

– Mais elle est si petite, dit Ramona encore émerveillée.

– Les bébés sont plus observateurs qu'on ne le croit, répondit Mme Quimby.

Ramona eut l'impression que ses problèmes s'étaient volatilisés. Elle devait apprendre à sa petite sœur à tirer la langue. Elle pourrait lui apprendre d'autres choses quand elle serait plus grande : comme jouer au morpion ou faire du roller. Quant à l'orthographe... pouah ! Mme Meacham n'était qu'une institutrice comme les autres. Ramona avait survécu aux autres, les avait aimées, et avait même adoré sa maîtresse de maternelle. Elle survivrait à Mme Meacham, et finirait peut-être par l'aimer, même si, pour l'instant, ça semblait impossible. Ramona s'en fichait. Soudain, le soleil brillait – il avait brillé toute la journée mais Ramona ne s'en était pas aperçue – et Roberta l'imitait en tirant la langue.

Ramona se sentait si bien qu'elle tendit son doigt à Roberta pour qu'elle l'attrape dans sa petite main.

– Regarde, dit Ramona à sa mère. Je suis vraiment un modèle pour Roberta.

Et puis, malgré elle, elle épela intérieurement : m-o-d-è-l-e.

# 3
## Chez Daisy

Alors que le soleil de septembre laissait place à des nuages d'automne, une routine paisible s'installa dans la vie des Quimby. M. Quimby, qui gérait un magasin d'alimentation, rentrait du travail l'air heureux. Les produits avaient été livrés à l'heure, aucun voleur à l'étalage n'avait été repéré et personne n'avait glissé sur des feuilles de laitue que des clients peu soucieux de la marchandise auraient laissées tomber.

Mme Quimby eut plus de temps pour lire *Moby Dick*. C'était un livre qui avait tant de pages que les membres du club de lecture – qui étaient pour la plupart des mères de famille et des femmes qui travaillaient à l'extérieur mais aussi chez elles – avaient du mal à le finir. Elles reportèrent d'un mois leur réunion. Ramona se demandait pourquoi elles ne se contentaient pas de sauter les passages difficiles.

Roberta était un bébé joyeux, très occupé à s'amuser avec ses mains et ses pieds. Elle pouvait même mettre ses orteils dans sa bouche. Ramona y arrivait à peine, et personne d'autre dans la famille n'avait essayé.

Beezus était toujours pleine d'enthousiasme pour le collège. Elle aimait tous ses professeurs, et elle s'était fait une nouvelle amie, Abby Alexander, dont le vrai prénom était Abigail. Au dîner, les Quimby entendaient beaucoup parler d'Abby : Abby voulait être prof de maths ou diététicienne, la mère d'Abby lui avait acheté des lentilles de contact, Abby avait eu un A au contrôle de maths, Abby ceci et Abby cela.

Ramona était, quant à elle, pleine de désirs inassouvis. Elle aurait voulu avoir de longs cheveux comme ceux de Daisy. Et, même si elle n'en avait pas besoin, elle aurait aimé porter un appareil dentaire. Elle dépliait un trombone, tenait le fil de fer devant sa bouche et souriait au miroir pour voir de quoi elle aurait l'air avec un appareil. Elle aurait voulu être meilleure en orthographe sans avoir à travailler. Elle souhaitait que Ouistiti fasse plus attention à elle, à l'école comme dans le bus. Mais ce qu'elle désirait par-dessus tout, c'était qu'il y ait des filles de son âge rue Klickitat. Elle voulait des filles avec qui elle aurait pu jouer. Elle voulait une meilleure amie. C'était à cause de cela que, un après-midi, elle courut tout le long du chemin entre l'arrêt de bus et chez elle. Elle avait une grande nouvelle à annoncer: un de ses désirs allait peut-être se réaliser.

– Tu sais quoi? cria-t-elle en passant en trombe la porte d'entrée.

Elle trouva sa mère en train de plier des couches sur le canapé. C'étaient des couches que Ramona avait portées autrefois. Mais elle n'aimait pas trop y penser. Elle savait que les couches jetables étaient chères.

– Qu'est-ce que je devrais savoir? demanda sa mère qui avait l'air intéressée mais pas non plus passionnée.

Après tout, elle connaissait Ramona depuis neuf ans.

Ramona était contente que Roberta soit encore en train de faire la sieste car, comme ça, elle aurait sa mère pour elle toute seule. Elle respira à fond et dit:

– Daisy Kidd, la nouvelle dont je t'ai parlé – tu sais, celle avec les cheveux longs et l'appareil dentaire –, veut que j'aille chez elle demain après l'école ! Sa mère me ramènera à la maison après dîner.

Mme Quimby tira une couche du tas posé à côté d'elle et la tapota pour la défroisser. Avant qu'elle ait eu le temps de répondre, Ramona continua :

– S'il te plaît, s'il te plaît, maman. Je ne joue jamais avec des filles parce qu'il n'y en a aucune par ici, à part Willa Jean qui ne compte pas parce qu'elle est seulement en maternelle et, en plus, c'est une vraie peste. Daisy est très marrante et elle est très bonne en orthographe. Elle est vraiment, vraiment très gentille, et donc, elle doit avoir de vraiment, vraiment gentils parents et…

Mme Quimby, tout en pliant une couche, interrompit calmement Ramona :

– Bien sûr que tu peux y aller. Je connais déjà les parents de Daisy parce que la cousine d'une des membres du club de lecture habite à côté de chez eux et dit qu'ils sont très bien. Le père de Daisy a été muté ici pendant l'été et sa mère est infirmière à l'école le matin.

Apparemment, les discussions du club de lecture ne se limitaient pas aux livres.

D'une certaine façon, Ramona fut déçue. Elle avait prévu d'argumenter. Elle s'était dit qu'elle devrait persuader sa mère de la gentillesse de Daisy et de l'importance d'aller jouer chez elle.

– Tu aurais pu proposer à Daisy de venir ici, dit Mme Quimby.

– Oh! Je ne crois pas. Tu sais, on ne prend pas le même bus.

Mme Quimby posa la couche qu'elle était en train de plier et, regardant pensivement Ramona, dit:

– Tu ne crois pas que tu devrais jouer avec Susan au moins une fois?

Ramona s'attaqua à un cal qu'elle n'avait pas encore gratté depuis que l'école avait commencé. Puis elle dit :

– Je dois vraiment ? Je la vois déjà à l'école du dimanche.

– Tu pourrais lui demander de venir ici ou tu pourrais aller chez elle. Sa mère me disait justement l'autre jour que, toutes les deux, vous devriez vous voir plus souvent.

Ramona fit la grimace. Elle aurait aimé que les adultes restent en dehors des affaires de leurs enfants.

Mais Mme Quimby était curieuse.

– Tu n'aimes pas Susan ? demanda-t-elle.

– Eh bien… pas vraiment, avoua Ramona. C'est le genre de fille qui se fâche, se fâche vraiment quand les garçons l'appellent « Susan la Banane ». Quand les garçons nous trouvent un surnom, on est censé être seulement un peu fâché. Mais on ne doit pas aller le dire à la maîtresse.

Ramona trouvait que c'était dur d'expliquer pourquoi elle n'aimait pas Susan.

– Et puis je ne veux pas aller chez elle parce que… eh bien, je crois que c'est trop bien rangé.

Mme Quimby eut l'air pensive.

– Tu ne peux pas dire ça de notre maison.

Ramona, loyale envers sa famille, répondit :

– Notre maison n'est pas sale. Il y a des magazines et des tr… des choses sur la table basse, et tout n'est pas super-propre et tout et tout. Et tu ne t'arrêtes pas de téléphoner quand quelqu'un arrive. Tu ne te mêles pas de ce qui ne te regarde pas.

– Merci, ma chérie, dit Mme Quimby avec sérieux, mais ses yeux riaient. Je suis heureuse de le savoir.

La soirée ne passa pas assez vite pour Ramona.

Le lendemain après-midi, elle était tout excitée en grimpant avec Daisy dans le bus scolaire. Après avoir montré l'autorisation de Ramona au chauffeur, les deux filles trouvèrent deux sièges côte à côte. Ramona avait l'impression de vivre une grande aventure. Même si elle connaissait les rues qui défilaient devant la fenêtre, elles lui semblaient d'une certaine façon différentes vues du bus de quelqu'un d'autre.

– J'ai l'impression d'aller vraiment quelque part, dit-elle à Daisy.

Ramona n'avait jamais été si loin de chez elle sans un adulte pour l'accompagner.

– Tu vas quelque part, dit Daisy. Chez moi.

Les deux filles trouvèrent ça drôle.

La maison de Daisy était une vieille bâtisse de deux étages en face du collège. Ramona et Daisy furent accueillies par un gentil chien qui frétillait de la queue. C'était un genre de colley. Daisy le caressa et le présenta à Ramona :

– Voici Mutley. Mon frère Jeremy l'a trouvé abandonné dans le parc.

– Salut Mutley, dit Ramona.

Le chien sembla content.

La maison de Daisy avait une odeur agréable, une odeur de cookies. Il y régnait un désordre confortable. Dans un coin du salon, il y avait encore des cartons d'emballage et un aspirateur avec ses accessoires. Un chat sommeillait dans un rayon de soleil. Il ouvrit un œil pour regarder Ramona.

La mère de Daisy, toute potelée, avait l'air plus jeune que ses longs cheveux gris retenus par une barrette ne le laissaient penser.

– Bienvenue Ramona, dit-elle, détachant un instant son regard de l'intérieur d'une boîte pleine de vaisselle, de journaux chiffonnés et de papier bulle. Tu portes de très jolies chaussures.

Surprise par cette remarque, Ramona baissa les yeux vers ses chaussures.

Mme Kidd poursuivit :

– Daisy a besoin de nouvelles chaussures, mais on ne connaît pas les boutiques d'ici. Où as-tu acheté les tiennes ?

Ramona sut sur-le-champ qu'elle aimait beaucoup Mme Kidd. Peu de mères quand elles posent une question veulent vraiment connaître la réponse. Mme Kidd n'était pas du tout le genre de personne qui demande aux enfants s'ils aiment l'école et ce qu'ils veulent faire plus tard.

– Préparez-vous un goûter, dit-elle avant d'extraire un plat du carton. J'espère que je vais pouvoir débarrasser le salon de tous ces cartons avant que Daisy n'entre au collège.

Il était clair que c'était le genre de mère à s'occuper de ses propres affaires.

Daisy ramassa le gros chat flasque qui semblait presque aussi lourd qu'elle et dit :

– Voici Patte. P-a-t-t-e, épela-t-elle. Pas comme le prénom masculin. Mon frère l'a appelé Patte parce que, quand il l'a trouvé caché dans un caniveau, il avait la patte amochée. Papa dit qu'il espère que Jeremy ne trouvera jamais de sconse blessé.

Ramona passa la main dans la fourrure de Patte. C'était un chat très moelleux contrairement à Dur-dur, le chat que les Quimby avait eu autrefois. Daisy le remit dans son rayon de soleil avant de se diriger vers la cuisine. Dans le réfrigérateur, elle trouva des barres glacées aux fruits. Ramona se dit que c'était bon signe. Comme goûter, la mère de Susan offrait, elle, des pommes ou un verre de lait avec des biscuits de farine complète. Alors que les deux filles étaient occupées à lécher leurs barres glacées, le frère de Daisy entra par la porte de derrière, posa son sac de livres sur le sol et dit à Daisy en ouvrant le frigo :

– Salut Fil de Fer.

Il ajouta :

– Et tu dois être la Ramona dont on a tant entendu parler.

Puis il se prépara à la va-vite un sandwich.

– Voici mon frère Germy, dit Daisy. Il pense qu'il est un génie parce qu'il est au collège.

– Jeremy, corrigea le frère en question à l'intention de Ramona avant d'ajouter pour sa sœur : N'est-ce pas, Dents argentées ?

Après ça, il prit son sandwich dégoulinant et des pickles à l'aneth, et partit dans le salon. Là, il alluma la télévision pour regarder la chaîne des sports.

Daisy fit la grimace.

– Je voulais regarder *Hôpital central.* C'est mon feuilleton préféré.

– À moi aussi, dit Ramona.

Ce point commun la fit se sentir plus proche de Daisy.

Quand les deux filles eurent fini leurs barres glacées, Daisy dit :

– Viens. Allons passer Patte à l'aspirateur. Il adore ça.

Jeremy, qui avait ramassé le chat, était assis sur le canapé, les pieds sur la table basse. Mme Kidd, occupée à dépaqueter la vaisselle, ne semblait pas s'en soucier. Daisy s'empara de l'aspirateur et le tira vers Patte qui quitta d'un bond les genoux de Jeremy. On aurait dit qu'il n'attendait que ça.

– Voilà, tu dois faire comme ça, dit Daisy en tendant brusquement à Ramona le tuyau de l'aspirateur tout en le mettant en marche. Il aime les accessoires pour tapisserie. Je suis sûre que tu vas dire qu'il est tapissé de fourrure.

Patte ne s'enfuit pas comme Ramona le pensait. Mais au contraire, il s'arc-bouta, le menton levé comme s'il savourait avec délice la sensation que lui procurait le tuyau que Ramona faisait courir sur son dos.

– Quel chat formidable! dit Ramona.

– Allez, à mon tour! intervint Daisy en prenant l'aspirateur des mains de Ramona.

Patte se roula sur le dos pour lui permettre de passer l'aspirateur dans la douce fourrure qui lui couvrait le ventre. Ramona était stupéfaite. Dur-dur n'aurait jamais supporté ça. Elle le dit.

– Patte est un chat intelligent, expliqua Daisy. Il sait que, si on le passe à l'aspirateur, il ne se fera pas piquer par des puces.

Quand elle eut fini, Patte retourna vers

son rayon de soleil. Les deux filles s'amusèrent à crever les bulles du papier bulle pendant que Mme Kidd portait des cartons à la cave. Mutley alla à la porte et poussa un gémissement. Jeremy prit une laisse accrochée à la porte d'entrée et sortit avec le chien.

– Vite! ordonna Daisy. Avant qu'il revienne.

Elle saisit la télécommande et passa de la chaîne des sports à *Hôpital central.*

– On va faire comme si on le regardait depuis le début.

Les deux filles s'installèrent confortablement sur le canapé et essayèrent d'avoir l'air d'être là depuis longtemps. Quand Jeremy revint, Daisy leva les yeux de l'écran et, faisant semblant d'être surprise de voir son frère, dit:

– Oh! Salut Jeremy!

– OK, Fil de Fer, tu as gagné! dit

Jeremy avant de rejoindre sa chambre en montant l'escalier d'un pas lourd.

Mutley se coucha, le nez sur les pattes, devant la télévision. Quand Daisy fut sûre que la voie était libre et que les deux filles eurent cessé de glousser, elles repartirent vers le réfrigérateur pour une deuxième tournée de barres glacées.

Ramona et Daisy léchèrent avec satisfaction leurs barres glacées en regardant le beau docteur et l'infirmière blonde et un certain nombre d'autres personnes en pyjama vert sauver la vie d'un petit garçon qui avait été heurté par une voiture alors qu'il jouait dans la rue. Sa mère en larmes, la balle qu'il avait pourchassée à la main, le regardait à travers la vitre d'une porte à battants.

Les pensées de Ramona vagabondaient entre l'hôpital et Daisy, sa maison, sa famille. Tout semblait si calme et si confortable. Même Patte et Mutley s'entendaient bien. Ramona songeait qu'elle aurait aimé avoir un grand frère qui la taquine un peu. Sur l'écran, le docteur, pas si beau finalement et secrètement marié à l'infirmière blonde, rejoignait la mère pour regarder à travers la vitre de la porte à battants. Mais Ramona pensait à Daisy.

Ramona n'avait jamais eu de meilleure amie fille. Elle n'avait eu qu'Howie. Mais maintenant qu'ils étaient en quatrième année, ils ne jouaient plus ensemble aussi souvent qu'avant. Howie passait son temps à faire du bruit avec un marteau et à construire des choses. Ramona aimait bien ça avant. Mais maintenant, comme disait sa mère, elle ne savait plus trop ce qu'elle voulait. Elle en avait marre d'enfoncer des clous avec Howie. Elle ne s'ennuyait pas vraiment. Elle trouvait toujours quelque chose à faire. Mais depuis peu, il manquait quelque chose à sa vie. Elle aurait aimé être assez vieille pour pouvoir, comme Beezus dont les week-ends étaient bien remplis, faire du baby-sitting. À présent, elle savait ce qui lui avait manqué : une meilleure amie, une meilleure amie fille.

*Hôpital central* et les pensées de Ramona furent interrompus par une publicité pour des pilules qui soignaient toutes les douleurs. Ensuite, il y eut un spot pour un vaporisateur qui soulageait les nez bouchés. Aucune des deux filles ne s'y intéressa.

– Soyons meilleures amies, dit soudain Daisy comme si elle venait juste d'y penser.

– J'allais le dire, répondit Ramona qui n'avait pas l'habitude de se sentir intimidée.

Elle câlina Mutley de son pied tendu.

– Je me suis sentie assez… seule, je

crois que c'est le mot, en arrivant dans cette nouvelle école, confia Daisy.

– J'ai toujours voulu avoir une meilleure amie, déclara Ramona. Il y a surtout des garçons près de chez moi. Ils sont sympas, mais bon… Tu sais…

– Ouais, acquiesça Daisy. Les garçons peuvent être assez horribles, comme ce Danny dans la cour.

Ramona resta silencieuse. Ouistiti n'avait jamais rien fait de mal. Il était juste intelligent et vivant, et il aimait taquiner les gens. Mais elle ne voulait pas que quiconque, même pas sa meilleure amie, sache à quel point elle l'aimait bien.

Les deux filles regardèrent la télévision dans un silence satisfait.

Des hommes en pyjama vert couraient dans un couloir en poussant une femme qui gémissait de douleur. Son chien fidèle la suivait.

– Faites sortir ce chien! cria le beau docteur.

Surpris, Mutley leva les yeux. Ayant vu qu'il n'était pas menacé, il reposa sa truffe sur ses pattes.

Ramona et Daisy réprimèrent leur fou rire devant la consternation de Mutley. Une odeur épicée parvint de la cuisine. Ramona espéra que cela indiquait qu'il y aurait des lasagnes pour dîner. Les lasagnes seraient la cerise sur le gâteau. Elle avait hâte de tout raconter à sa famille. Elle songeait à ce qu'elle allait leur dire : la mère de Daisy nous a laissées manger des barres glacées pour le goûter, Daisy a un grand frère qui l'appelle Fil de Fer, Daisy passe l'aspirateur sur son chat… Maintenant, Beezus n'était plus la seule à avoir une meilleure amie pour sujet de conversation. Ramona espérait qu'elle pourrait être la meilleure amie de Daisy pour toujours.

# 4

## L'INVITATION

Un jour très froid de la fin du mois d'octobre, alors que la pluie et les feuilles avaient commencé à boucher les gouttières, Ramona rentra seule chez elle parce que c'était le jour où Daisy allait voir son orthodontiste pour faire réajuster son appareil. Elle trouva sa mère assise dans un fauteuil. Elle tenait Roberta contre son épaule et lui tapotait le dos. Une bouteille de lait maternisé presque vide était posée sur le guéridon. Tout en enlevant son imperméable, Ramona examina le petit endroit chauve que Roberta avait derrière la tête, endroit qui l'avait d'abord effrayée parce qu'elle avait pensé que Roberta était en train de devenir chauve comme leur père. Mme Quimby lui avait expliqué que beaucoup de bébés perdaient leurs premiers cheveux, mais que ça repoussait vite. Au grand soulagement de Ramona, c'était ce qui s'était effectivement passé.

Une fois son inspection terminée, Ramona déclara :

– Les garçons sont vraiment horribles.

– Comment ça ? demanda sa mère en continuant à tapoter le dos du bébé.

– Deux filles portaient des casquettes en laine – leurs mères les avaient obligées à les mettre –, les garçons les leur ont prises et les ont jetées dans les toilettes pour hommes.

Ramona désapprouvait beaucoup les garçons et se promettait de ne jamais, au grand jamais, porter une casquette en laine pour aller à l'école.

– Tous les garçons ? demanda Mme Quimby qui avait le regard de celle qui cherche à réprimer un sourire. Je ne peux imaginer Howie en train de faire une chose pareille.

– Eh bien, peut-être pas Howie, se rétracta Ramona avant de s'enflammer à nouveau. Maman, dit-elle d'un air sombre, ce n'est pas drôle. Les garçons sont vraiment, vraiment horribles.

– Si tu le dis, répondit Mme Quimby. Comment s'est passée l'orthographe ?

Ramona était un peu fâchée contre sa mère qui n'était pas bouleversée par l'attitude horrible des garçons et qui, en plus, lui parlait d'orthographe.

– J'avais oublié l'orthographe du mot « projet ». Alors je l'ai écrit « p-r-o-j-a-i » parce que c'est comme ça qu'il se prononce.

La discussion sur l'orthographe de Ramona prit fin avec l'arrivée de Beezus. Elle déposa son sac de livres sur une chaise et agita une enveloppe, apparemment ravie de ce qu'il y avait dedans. Sans prendre la peine d'enlever son anorak, elle dit :

– Tu sais quoi ?

– Je n'en sais rien, dit Mme Quimby.

– Tu as gagné un million de dollars, dit Ramona, heureuse d'oublier les questions d'orthographe.

– Non, idiote. Abby va faire une fête dans deux semaines à compter de demain. Elle a distribué les invitations aujourd'hui.

– C'est bien, dit Mme Quimby toujours en train de tapoter le dos de Roberta. Je ne crois pas que je sache où Abby habite.

– Dans une de ces grandes maisons magnifiques qui font face au collège, expliqua Beezus.

– Ses parents seront là ? demanda Mme Quimby.

– Oh, maman ! s'énerva Beezus même si elle était habituée aux inquiétudes de sa mère. Oui, ils seront là et tout le truc. J'ai demandé parce que je sais combien tu peux être démodée.

– C'est marrant : moi aussi, je trouvais que mes parents étaient démodés.

« Truc » pensa Ramona. Beezus disait « truc » et maman ne disait rien. Puis, pour empêcher une dispute entre sa mère et sa sœur, elle dit :

– J'espère que tu n'auras pas à jouer à « Accroche la queue de l'âne ».

– Bien sûr que non, idiote. C'est un jeu pour les mômes, dit Beezus comme si Ramona était encore au jardin d'enfants. Abby a invité des garçons et on va danser.

– Waouh ! s'exclama Ramona. Mais tu ne sais pas danser.

Beezus sembla fléchir. À ce moment-là, Roberta les fit sursauter en émettant un drôle de bruit, le genre de bruit que Mme Quimby appelait « glouglou », que Beezus et Ramona nommaient « rototo » et que M. Quimby, quand il voulait être amusant, appelait « rot », mot que ses filles trouvaient bien trop laid pour être associé à un si mignon bébé.

– C'est bien, chantonna Mme Quimby.

Les sœurs de Roberta n'y firent pas attention. Elles s'étaient habituées à Roberta.

– Comment pourras-tu danser si tu ne sais pas ? insista Ramona.

– C'est ce qui m'embête, admit Beezus. La mère d'Abby lui a fait prendre des cours de danse pour l'aider à devenir populaire, et maintenant, elle donne cette fête pour la rendre populaire. Peut-être qu'Abby pourrait me montrer.

– Danser ne doit pas être si dur que ça, dit Ramona pour réconforter Beezus. J'ai vu à la télé qu'il suffisait de remuer et d'agiter les bras.

– Ne t'inquiète pas. Ton père te montrera comment on fait, la rassura Mme Quimby.

Ramona songea à Howie et à Ouistiti. Elle n'arrivait pas à les imaginer en train de danser.

Après l'annonce de l'invitation à la fête, des appels téléphoniques qui ne concernaient pas le baby-sitting se mirent à affluer pour Beezus. Ramona écouta évidemment la moitié des conversations de Beezus. Il s'agissait de savoir quels garçons étaient invités, quels garçons avaient dit qu'ils viendraient, quoi porter et qui avait dit quoi à son voisin de casier dans le hall de l'école. Ramona aurait aimé avoir un casier à l'école et non une patère à manteau au fond de la classe. Beezus avait même un cadenas sur son casier.

Le samedi après-midi suivant, Beezus prit l'argent de son baby-sitting dans la timbale sur son bureau et, malgré le crachin, partit rejoindre certains de ses amis au centre commercial.

– *Au revoir*, dit-elle en passant la porte.

Ramona était en colère contre sa sœur parce qu'elle s'obstinait à ne pas parler simplement en anglais et parce qu'elle ne lui avait pas proposé de l'accompagner. Elle essaya de passer le temps en lisant des comptines de *Ma Mère l'Oye* à Roberta, parce que leur mère avait lu un livre qui disait qu'on devait lire des livres aux bébés le plus tôt possible pour qu'ils soient plus tard de bons lecteurs. Ramona n'était pas sûre que ça marche, mais elle aimait lire en mettant le ton et en faisant des gestes dramatiques. Roberta semblait fascinée, surtout par «Les trois petits chatons» que Ramona récita maintes et maintes fois jusqu'à ce que le bébé s'endorme et que Mme Quimby l'emporte dans son berceau.

Ramona trouvait que le temps passait moins vite qu'elle ne l'espérait. À la fin de la journée, alors que Mme Quimby était encore en train d'essayer de finir *Moby Dick*, Beezus rentra un sac plastique à la main et un foulard attaché sous le menton.

Ramona trouva ça marrant. Beezus disait toujours que les foulards, c'était pour les vieilles dames et pour la reine d'Angleterre.

– Ça a bien marché, tes courses? demanda Mme Quimby en levant à peine les yeux de son livre car la réunion du club de lecture n'était pas loin.

– Mm-hm, répondit Beezus en faisant signe à Ramona de la suivre dans leur chambre.

Là, elle ferma la porte.

– Pourquoi portes-tu ce foulard débile ? demanda Ramona. Il ne pleut pas tant que ça dehors.

– Chut, murmura Beezus, l'air inquiet. Justement j'allais t'expliquer.

– Mais quoi ?

– Mes oreilles, répondit Beezus en ôtant son foulard.

Elle portait une petite boule en or au lobe de chacune de ses oreilles.

Ramona fut si surprise qu'il se passa un petit moment avant qu'elle ne murmure :

– Des boucles d'oreilles ! Mais que vont dire papa et maman ?

– C'est bien ce qui m'embête, répondit Beezus en touchant avec précaution ses oreilles comme si elle voulait s'assurer que ses boucles d'oreilles étaient encore là.

– Eh bien... dit Ramona d'un ton

hésitant. Je suis contente que ce soient tes oreilles et pas les miennes.

Et puis, parce que cela la préoccupait vraiment, elle demanda :

– Tu as eu très mal ?

– Seulement une minute, mais c'était effrayant, reconnut Beezus. Ils enfoncent les boucles d'oreilles dans tes lobes avec un machin qui ressemble à une agrafeuse.

Ramona tressaillit quand Beezus prit sa brosse à cheveux et essaya de brosser ses cheveux au-dessus de ses oreilles. En même temps, elle admirait le courage de sa sœur.

– Pourquoi ne les montres-tu pas à maman pour tenter de l'amadouer avant le retour de papa ?

Ramona était impatiente de voir ce qui allait se passer. En plus, elle mourait d'envie de raconter à Daisy ce que Beezus avait fait.

Alors que les deux filles entraient prudemment dans le salon, Mme Quimby leva les yeux de son livre, en prit un deuxième et finalement le reposa.

– Mais pourquoi, Beezus ? dit-elle.

Ramona, qui avait un peu honte de sa curiosité, tenta d'aider sa sœur :

– Il y a des filles au jardin d'enfants qui ont les oreilles percées. J'ai même vu des bébés qui portaient des toutes petites boucles d'oreilles.

Mme Quimby ignora Ramona et dit :

– Beezus, pourquoi n'as-tu pas demandé ?

Beezus avait l'air à la fois malheureuse et intraitable.

– Ce sont mes oreilles, et j'ai utilisé l'argent de mes baby-sittings. Si je t'avais demandé, tu ne m'aurais pas laissée faire.

– Oui, mais..., commença Mme Quimby.

Beezus l'interrompit.

– J'en ai marre d'être cette pauvre et quelconque Beezus, la fille responsable. J'en ai marre d'entendre les gens dire que je suis si raisonnable. Je veux être séduisante, pour changer. Les gens ont toujours besoin de moi pour faire des choses parce qu'ils savent que je vais tout bien faire. Eh bien, moi, je veux porter des boucles d'oreilles, mettre du rouge à lèvres et être différente. Je veux être jolie pour la fête. Je veux m'amuser!

Ramona était abasourdie. De toute sa vie, elle n'avait jamais entendu sa sœur parler comme ça.

– Oh, Beezus..., dit Mme Quimby qui avait les larmes aux yeux. Je n'en avais aucune idée... Tu as toujours semblé si contente.

– Pas intérieurement, dit Beezus au désespoir. Juste à l'extérieur.

– Oh, Beezus..., répéta Mme Quimby

comme si elle ne trouvait pas les mots pour exprimer sa compassion à sa fille.

Roberta, elle, avait l'air de comprendre que sa maison en ce moment n'était pas aussi joyeuse qu'elle l'aurait souhaité. D'abord elle parut inquiète. Puis elle se mit à pleurnicher.

– Chut, dit Mme Quimby d'un ton apaisant, essayant de distraire le bébé pour pouvoir parler à Beezus. Tu es mignonne. Tu as des yeux adorables et des cheveux magnifiques.

– Personne ne me dit ça, à moi, dit Beezus dont la colère était tombée, laissant place au découragement baigné de larmes. Et certains jours, mon visage se couvre de boutons.

– Je trouve que tu es jolie dans ton genre, même avec des boutons, intervint Ramona qui, fidèle à sa sœur, voulait qu'elle soit heureuse.

Si Beezus était heureuse, Ramona

pouvait s'attendre à être heureuse quand elle entrerait au collège. Ce n'était pas que Ramona n'était pas heureuse à présent. Elle l'était, sauf quelquefois.

Ça n'eut pas l'air de réconforter Beezus. Elle renifla et se moucha.

– Je suis désolée d'être tellement… je ne sais quoi.

– Mais non, dit Mme Quimby en s'essuyant les yeux. Tout le monde doit lâcher un peu de vapeur de temps en temps. Je suis contente de savoir ce que tu ressens. Je ne sais pas ce que ton père va dire, mais courage… Ce qui est fait est fait. Samedi prochain, on ira acheter de jolies boucles d'oreilles et quelque chose à mettre à la fête.

– Merci, dit Beezus avec un sourire larmoyant.

Mme Quimby prit Roberta dans ses bras pour aller la changer dans la chambre.

– Un de fait, il n'en reste plus qu'un,

dit Ramona comme si la vie était un match de football américain à la télévision.

Beezus prit un magazine. Elle s'assit et se mit à tourner les pages sans vraiment les regarder. Ramona devinait qu'elle était en train de chercher quoi dire quand elle serait face à son père.

Quand M. Quimby rentra du travail, il déposa son sac de provisions à la cuisine, puis il entra dans le salon.

– Salut, les enfants, dit-il avant d'ajouter quand il eut vu Beezus : Eh bien, eh bien, qu'est-ce que c'est que ça ?

Beezus laissa tomber son magazine pour regarder son père dans les yeux. Elle était prête à défendre vaillamment ses oreilles.

– Ce sont mes oreilles et j'ai utilisé mon argent, l'informa-t-elle. Je me fiche de ce que tu en dis.

– Du calme, Beezus, dit M. Quimby.

Il embrassa le sommet du crâne de sa fille et dit :

– Alors comme ça, notre petite fille grandit. Ça m'étonne que tu ne te sois pas fait percer le nez pendant que tu y étais.

Il lui ébouriffa les cheveux avec tendresse.

– Papa, ne sois pas idiot, dit Beezus de toute évidence soulagée. Tu sais bien que je ne ferais jamais une chose pareille.

– On ne sait jamais, dit M. Quimby. Les enfants de nos jours…

Il partit pour aller enlever ses vêtements de travail.

Beezus se réinstalla dans son fauteuil et dit :

– Ouf! C'est fini.

Ramona ressentait la même chose. Maintenant, si elle voulait se faire percer les oreilles, ce qui était difficile à imaginer, mais si jamais elle le voulait, tout ce qu'elle aurait à dire, c'était que Beezus avait les oreilles percées. Et puis ça serait le tour de Roberta – Ramona ne voulait même pas imaginer les tendres petites oreilles de Roberta en train d'être percées avec un machin qui ressemblait à une agrafeuse.

– Ramona, c'est l'heure de mettre la table, cria Mme Quimby.

– D'accord, dit Ramona.

Mais elle pensait à Beezus en train de grandir et à quoi ça aurait l'air de grandir soi-même. Elle ressentait la même chose qu'en lisant un bon livre. Elle voulait savoir ce qui allait se passer après.

## 5

## La princesse et la sorcière

Ramona était impatiente de retourner chez Daisy, surtout depuis que Beezus ne cessait de parler de sa fête qui approchait. Elle aimait la grande maison en désordre des Kidd, maison dotée d'un chien, d'un chat et d'un grand frère. Elle aimait aussi lécher des barres glacées en regardant *Hôpital central.* La deuxième invitation fut bientôt fixée. Ce jour-là, Ramona et Daisy coururent de l'arrêt d'autobus à la maison de Daisy. Jeremy était déjà allongé devant la télé. Il regardait un match de hockey sur glace.

Les deux filles échangèrent un regard.

– Germy, tu ne dois pas aller promener Mutley ? demanda Daisy comme si le chien était la seule chose à laquelle elle pensait.

En entendant son nom, Mutley leva la tête, décida que les mots de Daisy étaient sans importance et reposa sa truffe dans ses pattes une nouvelle fois.

– Nan, dit Jeremy d'un ton catégorique. Et non, cette fois, je ne vais pas te laisser regarder la télé.

– Oh, très bien.

Daisy était habituée à son grand frère.

– Viens, Ramona. On va monter dans ma chambre et jouer à se déguiser.

– Bien essayé, dit Jeremy.

Pendant que les deux filles montaient les escaliers, Ramona ne pouvait pas s'empêcher de penser que, si la maison des Quimby avait un deuxième étage, il y aurait plus de chambres, et elle et Beezus ne se disputeraient pas tout le temps pour savoir si c'était son tour ou le sien d'épousseter l'espace bondé qu'elles devaient partager depuis que Roberta occupait l'ancienne chambre de Ramona. Daisy, comme Ramona put le constater, n'était pas du tout soignée.

Daisy tira un carton au centre de sa chambre et se mit à en sortir des vêtements : du satin, du velours, des chapeaux avec des fleurs et des voilettes, une longue cape noire et des chaussures à talons hauts.

– Waouh ! s'exclama Ramona. Où est-ce que tu as trouvé tout ça ?

– Oh… pas loin, répondit Daisy. Maman les a pris pour moi, parce qu'elle adorait se déguiser quand elle avait mon âge, mais elle ne trouvait jamais grand-chose pour le faire.

« Une gentille maman », pensa Ramona en choisissant une longue robe rouge avec un volant en bas qu'elle enfila par la tête.

Daisy sortit du carton une longue robe jaune ornée de petites choses brillantes. Mais avant de mettre sa tête dedans, elle enleva son pantalon.

– Une robe n'a pas l'air jolie au-dessus d'un pantalon, et puis, j'aime bien la sensation de bruissement sur mes jambes, expliqua-t-elle.

Ramona, décidant qu'elle avait raison, enleva, elle aussi, son pantalon. Sa robe était douce et soyeuse contre ses jambes nues. Elle saisit un chapeau orné de roses cabossées et le posa sur sa tête. Puis elle ôta ses chaussures (ses jolies chaussures !) et glissa ses pieds dans des sandales à talons hauts qui, selon elle, la rendaient fascinante même si elles étaient trop grandes.

– Regarde ! Je suis une star !

Ramona leva les bras à la manière des danseuses avant de traverser la pièce très bruyamment pour aller se regarder dans le miroir.

– Je suis magnifique, annonça-t-elle, faisant semblant d'avoir de longs cheveux blonds. Je suis belle. Je suis moi, un moi magnifique et splendide !

– Je suis Miss Amérique, dit Daisy en tournoyant. Je suis si belle que les autres filles en compétition sont rentrées chez elles.

Les deux filles se déhanchèrent, tournant et froufroutant comme si elles étaient dans un défilé de mode. Quand elles se furent, toutes deux, tordu la cheville et eurent enlevé leurs chaussures, elles s'écroulèrent sur le lit dans une crise de fou rire.

Puis Ramona découvrit une longue robe rose et, parce qu'elle était déjà magnifique et splendide, elle décida de s'offrir une promotion : elle serait une princesse. Elle se changea rapidement pendant que Daisy passait, elle, de Miss Amérique à une sorcière vêtue d'une longue robe en velours noir et portant un petit chapeau vert avec seulement trois petits trous dans la voilette.

– Je suis méchante, cria Daisy.

– Super, dit Ramona. Je n'ai jamais lu de livres avec des sorcières gentilles.

– Je vais enfermer la belle princesse dans un donjon !

Daisy fit une grimace de sorcière.

– Où vas-tu trouver un donjon dans lequel m'enfermer ?

Ramona était une princesse insolente.

– C'est facile.

La méchante sorcière écarta les vêtements qui pendaient dans le placard pour laisser voir une petite porte qu'elle ouvrit.

Derrière, il y avait un espace sombre sous l'avant-toit. C'était le grenier.

À l'intérieur, dans la pénombre, Ramona vit que des planches étaient posées en travers des poutres afin d'entreposer des valises. Au-delà, Ramona pouvait tout juste voir les lattes et le plâtre qui constituaient le plafond des chambres de l'étage inférieur.

– Regarde ! cria Daisy. La méchante sorcière va enfermer la belle princesse dans le sombre donjon plein de rats, et elle la nourrira de pain et d'eau.

Elle attrapa Ramona et la poussa vers le placard.

– Non, elle ne va pas y arriver ! cria Ramona, échappant à Daisy grâce à un pas de côté. La princesse va jeter la sorcière dans le donjon et la nourrir avec du porridge froid.

– Beurk, marmonna Daisy.

Elle poussa Ramona. Ramona la poussa en retour. Une chaussure tomba. Daisy poussa plus fort et propulsa Ramona à travers la petite porte dans l'espace incertain sur lequel elle ouvrait. Ramona, qui ne portait plus qu'une chaussure, marcha sur sa robe rose, perdit l'équilibre, tourna, ne put rien attraper, et tomba des planches sur les lattes et le plâtre. Il y eut un sinistre craquement sous ses pieds.

– Oh, non ! cria Daisy.

– Au secours ! hurla Ramona alors qu'une latte commençait à se casser sous son poids.

Elle était en train de s'enfoncer. Daisy criait. La latte fit un bruit sec. La robe rose se déchira. Ramona entendit des morceaux de plâtre heurter quelque chose plus bas et sentit que ses jambes étaient éraflées alors que la robe rose se retroussait autour de sa taille. Son autre chaussure tomba et heurta plus bas quelque chose avec un bruit sourd. Elle entendit Mme Kidd s'écrier :

– Ça, par exemple !

– Hé ! cria Jeremy.

Mutley se mit à aboyer.

Désespérée, Ramona se pencha en avant sur une poutre pour arrêter sa chute et chercha frénétiquement avec son pied quelque chose sur quoi s'appuyer. Il n'y avait rien, que de l'air. Au-dessus d'elle, la pluie battait contre le toit.

– Ramona, tiens bon ! cria Daisy. Jeremy, viens vite !

– Je tiens bon, dit Ramona qui était terrifiée.

Le bord tranchant de la poutre s'enfonçait dans sa hanche et ses jambes étaient glacées. Elle se demandait combien de temps elle pourrait encore tenir. Et s'il y avait vraiment des rats dans le grenier ? Il y avait de la poussière partout. Ramona éternua. En bas, Mutley aboyait de plus en plus fort, comme s'il mettait en garde un intrus.

– Dépêchez-vous ! gémit-elle.

À la télévision, l'arbitre siffla et la foule poussa de grands cris.

– Ils arrivent, cria Daisy, elle aussi terrifiée, en saisissant le dos de la robe rose.

On entendit un bruit de pas dans l'escalier.

En un instant, Jeremy poussa sa sœur sur le côté et, debout sur les planches, saisit Ramona sous les bras avant de la tirer d'un coup sec. « Quelles crétines ! » fut son seul commentaire.

– Aïe ! s'exclama Ramona.

Jeremy tira plus fort et réussit à l'extirper du trou qu'elle avait fait.

– Aïe ! laissa échapper Ramona même si elle était très reconnaissante d'avoir été sauvée.

Alors qu'elle était tirée hors du trou, elle avait entrevu plus bas la table de la salle à manger couverte de gravats.

– Oh, ma pauvre petite, s'exclama Mme Kidd compatissante, inquiète et soulagée.

Ramona était si contente d'être sur du sol dur avec les restes de la robe rose en tas autour de ses pieds qu'elle se mit à pleurer.

Mme Kidd la serra dans ses bras et murmura :

– Allons, allons. Tu es en sécurité maintenant. Tout va bien.

– Non, pas du tout, se lamenta Ramona. J'ai fait un gros trou dans le sol… le plafond…

– Et alors ? dit Jeremy avant de sortir de la chambre pour retourner d'un pas lourd vers la télévision en bas.

– Merci, renifla Ramona, se souvenant des règles de politesse malgré le départ de Jeremy. Tu m'as sauvé la vie.

Elle se mit à pleurer encore plus fort. Elle avait troué le plafond, elle ne pourrait plus jamais revenir chez les Kidd, elle et Daisy ne pourraient pas être meilleures amies, Howie allait la laisser tomber, elle devrait jouer avec cette malpropre de Willa Jean et…

– Daisy, trouve un Kleenex pour Ramona, dit Mme Kidd.

Daisy en sortit une boîte de sa commode. Tandis que Mme Kidd l'aidait à descendre les escaliers, Ramona s'essuya le nez et les yeux.

– Je vais chercher son pantalon, dit Daisy.

En bas, dans la salle de bains, Mme Kidd lui ôta la robe rose.

– Oh, ma chérie, dit-elle en voyant les jambes de Ramona.

Elle se mit à nettoyer ses éraflures avec du coton et un liquide piquant qu'elle avait pris dans une bouteille. Puis elle les recouvrit avec des pansements de toutes tailles. Quand elle eut fini, Ramona renifla une dernière fois. Mme Kidd lui lava le visage, l'embrassa et dit :

– Voilà, tu es comme neuve.

Une nouvelle inquiétude envahit l'esprit de Ramona : le coût des dommages. Le jour de paie, les chèques que remplissait sa mère pour payer les factures, les impôts, et toutes ces choses pour adultes se bousculaient dans sa tête.

– Tu as fait un sacré trou, dit Jeremy quand elle et Mme Kidd entrèrent dans le salon.

Patte sortit un peu la tête de dessous le canapé. Mutley, la queue basse, avait l'air inquiet.

Soudain, Ramona pensa à quelque chose. Si Daisy n'avait pas essayé de l'enfermer dans un donjon, rien de tout ça ne serait arrivé. Peut-être que c'était la faute de Daisy. Peut-être qu'elle devrait être en colère contre Daisy. Elle était troublée. Elle n'avait pas envie d'être en colère contre sa meilleure amie. Tout de même… elle ne savait pas quoi penser.

Alors seulement, Ramona rassembla son courage pour regarder la salle à manger autour d'elle. Elle vit un trou sombre bordé de lattes brisées et de morceaux de plâtre. La table de la salle à manger était couverte de poussière, de gravats et, au milieu de ce désordre, trônait une sandale à haut talon. La table avait été mise pour cinq personnes, Ramona s'en sentit encore plus mal… cinq places, dont une pour elle… Soudain, elle ne voulut plus rester dîner. Elle voulait rentrer chez elle. Elle voulait être chez elle, avec sa mère à elle qui la consolerait de ses éraflures et de la perte de sa meilleure amie. Elle regarda Daisy avec l'envie de lui dire :

«Tout ça c'est ta faute, tu n'aurais pas dû me pousser.» Mais elle ne lui dit pas, pas devant Mme Kidd. Elle attendrait lundi à l'école et alors elle…

Mme Kidd mit son bras autour de Ramona.

– Tu préfères ne pas rester dîner? demanda-t-elle.

Ramona hocha la tête.

– Alors, suis-moi, dit Mme Kidd. Je vais te ramener chez toi en moins de deux.

– Ramona, articula Daisy en clignant des yeux pour chasser ses larmes. Tout est ma faute. Je… je n'aurais pas dû te pousser.

Ramona se sentit immédiatement à la fois honteuse et soulagée. Les choses qui tournaient mal s'avéraient si souvent être de sa faute. Elle aurait dû savoir que Daisy n'était pas le genre de fille à accuser les autres.

– Non, ce n'était pas ta faute. Je crois que c'était notre faute à toutes les deux.

Ramona hésita.

– Tu jures que tu ne diras rien aux autres à l'école ?

Daisy mit sa main sur son cœur, sourit en tremblant et dit :

– Bien sûr, si la belle princesse avait été sans résistance dans le donjon…

Ramona l'interrompit :

– Et si la sorcière avait été une sorcière gentille…

Daisy finit sa phrase pour elle :

– Le genre de celles dont tu n'aimes pas lire les histoires.

Ramona réussit à sourire par-dessus son épaule en suivant Mme Kidd dehors. Sur le chemin, elle se risqua à poser à Mme Kidd la question qui lui trottait dans la tête :

– Est-ce que… est-ce que ça va coûter

beaucoup d'argent pour réparer le plafond ?

Mme Kidd tapota le genou de Ramona.

– Ne t'inquiète pas pour ça. C'était un accident, et je suis sûre que notre assurance s'en occupera. Et tu sais quoi ? Même avant d'emménager, je n'aimais pas la couleur de la salle à manger. Maintenant on a un bon prétexte pour la repeindre.

Ramona se sentit tellement mieux – excepté en ce qui concernait les éraflures et la raideur de ses jambes – qu'elle se mit à envisager l'aspect dramatique de cet après-midi.

Quand Mme Kidd la déposa devant la porte de chez elle, elle se contenta de dire à Mme Quimby :

– Ramona a eu un petit accident. Elle va vous raconter.

« C'était un gros accident », pensa Ramona, contente néanmoins que Mme Kidd ne lui ait pas gâché le plaisir de raconter elle-même ce qui lui était arrivé. C'était vraiment une gentille maman, la plus gentille maman qu'elle connaissait, après la sienne bien sûr.

Mme Quimby voulut tout de suite savoir ce qui s'était passé, mais elle fut distraite par Roberta. Ramona essaya de gagner du temps en allant à la salle de bains et en se précipitant dans sa chambre. Quand elle en sortit, toute la famille était assise à table pour dîner. Sa famille tout entière était donc prête à l'écouter, même Roberta qui était allongée dans son parc, tout près. Mme Quimby dit :

– Ramona, je croyais que tu devais dîner chez Daisy. Et qu'est-ce que sa mère a voulu dire par « petit accident » ?

Ramona prit un air attristé.

– Je devais rester, mais une chose terrible est arrivée.

Sa famille arrêta de manger. Ramona fit une pause dramatique. C'était le moment d'empêcher Beezus de parler d'Abby et de sa fête.

– Oui, continue, dit M. Quimby.

Ramona respira à fond.

– J'ai cassé le plafond (autre pause dramatique)... Je l'ai cassé en mille morceaux et ça va coûter un quintillion de dollars de réparations. Il est tombé sur la salle à manger et ça a fait un désordre épouvantable, alors j'ai décidé de ne pas rester dîner.

M. Quimby s'impatientait.

– Ramona, abrège. De quoi diable parles-tu ?

Ramona savourait l'attention qu'on lui accordait.

– J'étais une princesse essayant d'échapper à une méchante sorcière qui voulait m'enfermer dans un donjon, et puis, j'ai été toute seule dans le noir avec des araignées et des chauves-souris... enfin, peut-être pas des chauves-souris.

Ramona sentait que, si elle exagérait trop, sa famille ne la croirait pas...

– Et j'étais terrifiée parce que la méchante sorcière était sur le point de briser la porte.

Peut-être était-elle en train d'enjoliver un peu la réalité, mais peut-être que personne ne le remarquait...

– Et j'étais terrifiée parce que je sentais quelque chose qui me cognait la jambe, quelque chose de gros, quelque chose de méchant et de rampant.

Bien sûr, des valises n'étaient ni méchantes ni rampantes, mais à ce moment-là Ramona n'avait pas envie de gâcher son histoire avec la vérité.

– Et j'étais si terrifiée, toute seule dans ce noir qui donnait la chair de poule, ce noir plein de toiles d'araignées, que j'ai essayé de fuir…

– Iiiii ! gazouilla Roberta.

– Ramona, dit M. Quimby calmement, je crois que tu es en train de te laisser emporter.

Beezus, qui était restée silencieuse jusque-là, prit la parole.

– Donc tu as reculé sur la partie pas finie du grenier et tu es passée à travers le plafond. Je sais tout sur ce genre de grenier parce que les mères nous disent toujours de rester loin des lattes et du plâtre, et je connais quelqu'un qui est vraiment passé à travers.

Bien sûr, Ramona était contrariée que Beezus lui ait gâché son histoire.

– En quelque sorte, dit Ramona d'un air renfrogné.

Mme Quimby était bouleversée.

– Tu es entièrement passée à travers ? Tu as dû te faire très mal.

– Je me suis accrochée, mais je me suis blessée.

Ramona essayait de retrouver la compassion de sa famille.

– Mes jambes ont été tout éraflées et écorchées. Ça faisait très mal. Je souffrais le martyre.

« Voilà, prends ça, Beezus », pensa-t-elle.

– Et puis un prince charmant, enfin le frère de Daisy, m'a sauvée.

– Jeremy Kidd ? dit Beezus en éclatant de rire. Il est en maths avec moi. Quand je lui dirai que tu l'appelles prince charmant !

– T'as pas intérêt !

Ramona était furieuse.

– Les filles ! gronda M. Quimby. Beezus, il y a des choses qui ne doivent pas sortir de la famille.

Beezus arrêta de rire. Puis elle demanda :

– Est-ce que tu portais un pantalon ?

Ramona répondit de son air le plus digne :

– Les princesses ne portent pas de pantalon.

Elle fit une pause et ajouta :

– À moins qu'elles ne soient déguisées.

Les Quimby trouvèrent ça rigolo. Beezus se ressaisit assez pour dire :

– Tu devais avoir l'air bizarre, avec juste tes jambes nues pendant du plafond.

« Et ma culotte », pensa avec horreur Ramona qui ne s'était pas encore représenté la scène du dessous jusque-là. Était-elle tombée trop loin pour la leur montrer ? Et si Jeremy l'avait vue ? Elle ne pourrait plus jamais le regarder en face. Elle s'aperçut que ses parents et sa sœur étaient en train de réprimer leur sourire à l'idée des jambes nues de Ramona pendant du plafond. Ramona boudait.

– J'ai eu vraiment très mal, parce que j'étais blessée. J'ai saigné.

Ça devrait impressionner sa famille.

M. Quimby lui tapota la main.

– Je sais que ça a dû être douloureux et que tu as dû beaucoup souffrir.

– J'ai été courageuse, dit Ramona, la tête haute. Je me suis accrochée de toutes mes forces.

Elle n'était pas sûre que ce soit vraiment l'expression appropriée. Elle l'avait lue quelque part dans un livre et ça sonnait bien.

– Peut-être que tu as une marraine bonne fée, suggéra Mme Quimby.

Ramona se dit qu'une meilleure amie c'était mieux.

– Peut-être, acquiesça M. Quimby, mais je crois qu'elle a lu trop de contes de fées.

– J'adore les contes de fées, dit Ramona. Les contes de fées se terminent toujours bien.

Elle fit une pause avant d'ajouter :

– Et le mien aussi, je crois.

Sa famille avait fait attention à elle et elle avait toujours une meilleure amie. Puis elle se dit en elle-même : « Une fin heureuse, sauf que j'ai montré ma culotte. »

# 6
## La fête

Bien avant que ses éraflures aient eu le temps de cicatriser et que ses pansements aient été enlevés, Ramona ne pouvait plus supporter sa sœur, son invitation à la fête, ses courses et, surtout, ses conversations téléphoniques. Beezus semblait passer sa vie au téléphone. Cet agacement n'empêchait pas Ramona d'écouter la moitié des conversations de sa sœur: «Je suis désolée. Je ne vais pas pouvoir faire de baby-sitting ce soir. Je vais à une fête», «Si George ne vient pas, tu pourrais peut-être demander à Randy. C'est mieux que rien», «J'adore ma nouvelle jupe. Elle était en solde. Tu as acheté la tienne ?»

Puis il y eut les leçons de danse de M. Quimby, pleines de pirouettes et de «avance, glisse, avance, glisse, avance». Un soir, alors que la leçon était terminée et que Beezus était allée faire ses devoirs, M. Quimby prit la main de Ramona.

– Allez, viens essayer, dit-il.

Ramona secoua la tête. Ça avait l'air si ridicule.

Le ridicule n'empêchait pas Ramona de parler de ces leçons de danse à Daisy et même de lui faire une petite démonstration quand celle-ci venait chez les Quimby après l'école. Les deux filles avançaient et glissaient, se marchaient sur les pieds et, finalement, tombaient, en riant, sur le canapé.

Un soir, alors que Beezus était au téléphone, Ramona entendit son père dire à sa mère :

– Je serai content quand cette fête sera finie et que tout sera redevenu normal.

Mme Quimby baissa la voix, ce qui fit bien sûr que Ramona écouta plus attentivement, pour dire :

– Je suis contente que Beezus sorte enfin de sa coquille. Elle a toujours été si sage. J'espère qu'elle s'amusera. Ça pourrait être une terrible déception.

Cette conversation surprit beaucoup Ramona. Elle avait imaginé que Beezus s'amuserait en virevoltant, en glissant et en mangeant de bonnes choses. Peut-être que non. Peut-être que sa mère avait raison.

Mme Quimby n'était pas la seule à se faire du souci. Quand les deux sœurs furent couchées, Beezus confia à Ramona :

– J'espère que la façon de danser de papa n'est pas trop ringarde.

– Papa est un bon danseur, dit Ramona, loyale envers son père, même si elle trouvait que sa manière de danser ne ressemblait pas à celle des gens à la télévision.

Enfin, au soulagement de tous, le jour de la fête arriva. Beezus se lava les cheveux dans l'après-midi. Elle était si nerveuse qu'elle put à peine manger son dîner. Après, elle traîna dans son bain.

– Waouh ! dit Ramona quand elle sentit le parfum du bain moussant flotter dans l'entrée.

Beezus apparut enfin, prête pour la fête.

– Ta-dah ! annonça-t-elle en entrant dans le salon. Est-ce que j'ai l'air bien ?

Elle portait sa nouvelle jupe longue, un joli chemisier, des petits anneaux en or aux oreilles et ses chaussures de randonnée lacées jusqu'aux chevilles. Ses cheveux brillaient, ses joues étaient roses.

– Tu es ravissante, ma chérie, dit Mme Quimby, mais. . euh… tu ne crois pas que tu devrais changer de chaussures ?

– Oh, maman, plus personne ne met de chaussures de soirée aujourd'hui, dit-elle en adressant un regard compatissant à sa mère.

– Oh, dit sa mère. Je ne savais pas.

– Je te trouve géniale.

Ramona était impressionnée par la métamorphose de sa sœur, mais d'une certaine façon, elle regrettait la bonne vieille Beezus. Eh bien, au moins, ses pieds avaient encore l'air raisonnables. « Est-ce que je serai comme ça un jour ? » se demanda-t-elle en touchant ses cheveux et en décidant qu'eux aussi auraient peut-être besoin d'être brossés plus souvent, comme sa mère le lui disait toujours.

Mme Quimby embrassa Beezus et dit :

– Amuse-toi bien, ma chérie. Mais tu

ne crois pas que tu devrais mettre un manteau ? On est en novembre, tu sais ?

– Oh, ma-man, dit Beezus. Je ne veux pas froisser mon nouveau chemisier. Et puis c'est pas comme s'il neigeait ou je ne sais quoi.

– Je mettrai le chauffage dans la voiture, la rassura M. Quimby. Il ne faut pas froisser ce chemisier.

Soudain, Ramona ne voulut plus laisser partir sa sœur.

– Est-ce que je peux venir, moi aussi ? demanda-t-elle.

– Bien sûr. Viens, dit M. Quimby.

Ils firent la route en silence.

Beezus était assise bien droite et pas froissée sur le siège arrière. Malgré le chauffage, elle serrait les bras pour se tenir chaud. Quand ils s'arrêtèrent devant la maison d'Abby, Beezus, anxieuse, demanda :

– Papa, qu'est-ce que je dois faire? Mes mains sont toutes moites.

– Ne t'inquiète pas, tout se passera bien, dit son père, et tout sera fini à onze heures.

Après avoir déposé Beezus au milieu des autres invités qui arrivaient, il dit, presque comme s'il se parlait à lui-même:

– Bon, voilà, notre petite fille s'en va.

Ramona se rapprocha de son père aussi près que sa ceinture de sécurité le permettait.

– Tu m'as encore, moi, lui rappela-t-elle.

– C'est vrai, dit son père en lui tapotant le genou. Et Roberta aussi.

– Oui, murmura Ramona avec un petit soupir.

Elle adorait sa petite sœur. Mais parfois, elle aurait aimé que son père n'ait pas tant de filles.

Quand ils rentrèrent tous les deux à la maison, Mme Quimby leva les yeux de son livre (il ne lui restait plus beaucoup de pages à lire) et dit, comme si ses pensées étaient perdues dans le vague :

– Je n'oublierai jamais ma première soirée dansante. C'était dans le gymnase de l'école, et le seul garçon qui m'a invitée à danser ne me plaisait pas. C'était un petit bonhomme bizarre qui, quand il serait grand, serait un homme intéressant, mais à cette époque, j'avais envie de danser avec un grand et beau garçon. Quelle idiote. J'ai vraiment fait tapisserie et j'ai passé toute la soirée à me cacher dans les toilettes des filles avec deux autres pauvres filles qui faisaient elles aussi tapisserie.

Ramona était indignée. Quels garçons débiles de ne pas avoir invité sa gentille maman à danser. Elle espérait que Beezus n'était pas en train de se cacher dans les toilettes, même si les toilettes des Alexander étaient sûrement plus agréables que celles d'une école. Leurs toilettes n'auraient pas d'essuie-mains en papier rêche et marron.

Après que son père lui eut dit d'arrêter d'essayer de gagner du temps et d'aller se coucher, Ramona alla s'allonger. Mais elle resta éveillée. Elle réfléchissait. Elle ne se cacherait jamais dans les toilettes. Elle irait droit vers un garçon et l'inviterait à danser, si jamais bien sûr elle avait un jour envie de faire une chose aussi idiote que danser.

Même si Ramona pensait que danser était idiot, elle voulait que sa sœur s'amuse. Allongée dans son lit, elle fit même une petite prière. Elle attendait, pleine d'espoir et de curiosité. À l'instant où Ramona entendit la voiture de son père qui ramenait Beezus, elle bondit hors de son lit et se précipita dans le salon où sa mère était en train de finir enfin *Moby Dick*. Bien sûr, Mme Quimby dit :

– Ramona, tu devrais être en train de dormir.

Les parents disent toujours ça.

Ramona ignora cette remarque et se blottit dans les bras de sa mère. Elle aimait les moments où elle était seule avec sa mère, elle se sentait alors en sécurité et au chaud. Elle aurait mieux fait de s'endormir, car soudain elle vit Beezus, les yeux encore brillants, les joues encore roses. Le reste de son visage était méconnaissable. Elle portait du rouge à lèvres rouge sombre et de l'ombre à paupières verte.

– Waouh ! commenta Ramona. Qu'est-ce qui t'est arrivé ?

Beezus s'écroula dans un fauteuil et se mit à rire.

Mme Quimby se mit à rire à son tour, oubliant le nouveau maquillage de Beezus et soulagée surtout de la voir heureuse.

Avant que Beezus ait pu répondre, Ramona s'exclama :

– Qu'est-ce qu'il y a de rigolo ?

– Les garçons, répondit Beezus. Les garçons sont rigolos.

– Qui dit que les garçons sont rigolos ? demanda M. Quimby en arrivant du garage. J'ai été un garçon autrefois. Je n'étais pas rigolo.

– Je dis que les garçons sont rigolos, dit Beezus. C'est ce que pensent toutes les filles.

– Qu'est-ce que les garçons font de si rigolo ?

Beezus expliqua :

– À part un garçon, ils n'ont même pas voulu entrer dans la maison. Un garçon avait apporté un jeu d'échecs miniature. Il a joué avec un autre garçon sous la lampe du porche. Les autres se sont affalés autour ou ont essayé de traverser la pelouse en marchant sur les mains. Des garçons qui n'étaient même pas invités s'y sont mêlés. Il y avait plein de cris et de hurlements. Alors des voisins sont venus voir ce qui se passait. Un garçon a trouvé un ver de terre dans l'herbe et a poursuivi un autre avec. Tu sais, des trucs de garçons. Mme Alexander était bouleversée parce qu'elle voulait qu'Abby soit populaire, et elle n'était pas populaire avec tous ces garçons assis dehors se comportant comme une bande de mômes. Quelqu'un avait dû appeler la police, parce qu'on les a vus passer tout près, mais ils ont continué leur chemin.

– Et le garçon dans la maison ? demanda M. Quimby.

– Il regardait la télé, expliqua Beezus. Personne n'a fait attention à lui. Les autres garçons ont dit qu'ils étaient juste venus pour la bouffe.

« On dirait Ouistiti », pensa Ramona, « et Howie aurait apporté un jeu d'échecs miniature. »

– Pauvres garçons affamés, dit M. Quimby. J'espère que quelqu'un les a nourris.

– Oh, bien sûr, répondit Beezus comme si ça n'avait pas d'importance. Les filles ont fait des expériences marrantes de maquillage avec des échantillons de rouge à lèvres et de tout ce que Mme Alexander avait pu avoir en achetant des produits de beauté.

– Je me demandais ce qui était arrivé à ton visage, dit Mme Quimby avec un sourire, mais j'avais peur de demander.

– Mme Alexander met beaucoup de maquillage, continua Beezus, et ses cheveux sont d'une drôle de couleur. Elle les porte tout ébouriffés et on dirait ce machin cuivré avec lequel on récure les casseroles.

– Tu as l'air bizarre, on dirait un vampire ou quelque chose de ce genre-là, commenta Ramona. Et tu as dansé ?

– C'est ça le mieux. On n'a pas dansé, dit Beezus. Certaines filles étaient déçues, mais on a un peu joué au Monopoly et au Scrabble. Mais bon, on a surtout discuté et, de toute façon, on a passé un bon moment. Et puis les garçons se sont mis à crier qu'ils avaient faim. Mme Alexander venait juste d'avoir une attaque en pensant au prix des leçons de danse d'Abby et tout ça, mais on a pris des sandwichs, du punch et des cookies et on les leur a apportés dehors. Mme Alexander avait de la nourriture ringarde et non de la pizza ou des trucs comme ça. Ils se sont calmés après ça.

– Quel soulagement, dit M. Quimby.

J'étais inquiet à propos de ces pauvres garçons affamés dehors dans le froid.

– Papa, tu es vraiment idiot, dit Beezus en rigolant. Je ne voulais vraiment pas danser de toute façon. En tout cas pas encore, pas tant que les garçons sont aussi gamins.

– Eh bien, mes leçons de danse n'ont servi à rien, dit M. Quimby. Ces garçons avaient sûrement ciré leurs chaussures et ne voulaient pas que des filles les salissent en leur marchant sur les pieds.

Ramona remarqua que sa sœur était si joyeuse qu'elle ne faisait pas attention aux taquineries.

– Et le ver de terre ? demanda-t-elle.

– Quand on a apporté la nourriture dehors, ils l'ont remis dans l'herbe.

Ramona n'était que légèrement déçue.

– Est-ce que tu as mangé quelque chose ?

Quel intérêt pouvait bien avoir une fête où l'on ne mangeait pas ?

– Bien sûr, dit Beezus. Tu ne crois pas qu'on a laissé les garçons tout manger, non ? On a mangé de la salade et des crèmes glacées.

– Je suis si contente que tu te sois amusée, ma chérie, dit Mme Quimby. Maintenant va te laver le visage avec du savon et va te coucher. Il est presque minuit.

Beezus s'arrêta dans l'entrebâillement de la porte.

– Tu sais quoi ? dit-elle. Je ne crois pas qu'Abby et moi soyons le genre à être populaire. Et en plus vous savez quoi ? Je m'en fiche.

– Je suis heureuse que tu penses ça, dit Mme Quimby avec un tendre sourire. J'aurais aimé être aussi raisonnable à ton âge.

– *C'est la vie*, dit Beezus en partant dans sa chambre.

Et elle ajouta à l'intention de Ramona :

– C'est du français, ça veut dire « c'est la vie ».

Ramona fit une grimace et dit :

– *Au revoir.*

Elle avait elle-même appris un ou deux mots de français.

– Toi aussi, minouche, dit M. Quimby à Ramona.

Ramona se blottit contre sa mère pour gagner du temps, et dit :

– Je suis contente d'avoir une gentille maman normale et non une mère dont les cheveux pourraient servir à récurer les casseroles.

Si elle avait pu reporter le moment d'aller se coucher, elle aurait pu écouter ce que ses parents allaient dire sur Beezus.

– Merci, dit Mme Quimby en souriant affectueusement et en ébouriffant les cheveux de Ramona. Mais les compliments ne t'éviteront pas d'aller au lit. Alors, maintenant ouste!

Ramona trottina d'un pas léger à travers le hall et monta les escaliers vers son lit.

Son avant-dernière pensée, avant de s'endormir, fut: «J'ai hâte de tout raconter à Daisy.» Sa dernière pensée fut: «Je suis contente que Beezus soit encore raisonnable intérieurement.»

# 7

## La lettre de grande personne

C'était presque Thanksgiving quand Ramona décida que la plupart du temps, elle aimait bien Mme Meacham. Ce n'était pas que Mme Meacham n'avait pas de défauts. Selon Ramona, elle en avait. Mme Meacham était passionnée d'orthographe, et elle aimait surtout les mots avec des lettres silencieuses comme «poing» et «pied». Elle tenait aussi beaucoup à la prononciation et corrigeait tous ceux qui disaient «t'as» ou «j'suis».

– Si vous ne savez pas prononcer correctement, vous ne pouvez pas bien orthographier, disait-elle trop souvent selon Ramona.

La plupart des élèves de la classe de quatrième année trouvaient que Mme Meacham avait un autre défaut. Elle confisquait tous les petits mots glissés, jetés ou passés en classe. Puis elle les lisait pour trouver les fautes d'orthographe, et, s'il y en avait une, elle l'ajoutait à la liste inscrite au tableau noir: Les Mots qu'On a Besoin de Travailler. Enfin, elle déchirait les mots et les jetait en petits morceaux dans la corbeille à papiers.

La classe de quatrième année trouvait que c'était injuste, mais Ramona n'était pas tellement concernée. Elle avait appris à supporter les professeurs avant la quatrième année. Elle ne fut pas concernée jusqu'au jour où Ouistiti, en allant au taille-crayon de la classe, jeta un papier sur son bureau. Elle le prit et était sur le point de le lire quand Mme Meacham dit:

– Ramona apporte-moi ce papier.

Prise au piège, Ramona obéit.

Mme Meacham lut le petit mot, sourit et se tourna vers le tableau pour ajouter un mot à la liste de Mots qu'On a Besoin de Travailler. Ce mot était : « Ramona ». Puis elle déchira le mot et fit un petit exposé sur combien il était important de ne pas confondre le « n » et le « m ». Ramona, comme le reste de la classe, savait donc maintenant que Ouistiti avait écrit « Ranoma » à la place de « Ramona ». Elle lui lança un regard. Il regardait droit devant lui et ses oreilles étaient toutes rouges. Elle n'avait jamais vu Ouistiti embarrassé avant. Qu'est-ce qu'il avait bien pu écrire sur ce mot ?

À la récréation, tous les garçons chantèrent :

– Danny aime Ramona ! Danny aime Ramona !

– Tu n'as pris aucun morceau du mot pour le lire ? demanda Daisy à Ramona.

Ramona secoua la tête, plus curieuse que jamais. Elle décida de demander à Ouistiti, mais il était si occupé à shooter dans un ballon qu'on aurait dit qu'il faisait exprès de faire comme s'il ne l'avait jamais rencontrée. Oh, très bien. Maintenant, la classe devrait étudier son prénom en orthographe. Ramona aimait bien ça.

Ouistiti continua à éviter Ramona. Il ne faisait pas attention à elle en classe. Il était occupé à dessiner avec de l'encre une montre-bracelet sur son bras. Dans le bus, il s'asseyait dans le fond avec les chahuteurs.

Alors que la pluie d'hiver battait contre les fenêtres de la salle de classe, Ramona progressait lentement en orthographe, jour après jour, orthographiant bien la plupart des mots si elle avait travaillé dur, ce qu'elle ne faisait pas souvent. Aux contrôles, si elle les orthographiait bien, Mme Meacham écrivait sur sa feuille: «Continue à bien travailler!» Parfois, Ramona se demandait si ça valait vraiment la peine d'orthographier les mots correctement, parce que ceux qui écrivaient bien tous les mots recevaient ce que Mme Meacham appelait des Mots Récompense, mots à étudier. Or c'étaient des mots vraiment très durs, certains avaient trois syllabes. Ramona ne se sentait pas récompensée.

À la maison, les parents de Ramona et parfois Beezus s'asseyaient à côté d'elle sur le canapé et lui faisaient travailler ses mots d'orthographe. Alors, elle se tortillait, desserrait et resserrait les scratchs de ses chaussures, ou essayait de mettre son pied derrière sa tête. Ses parents soupiraient. Beezus disait:

– Oh, grandis, Ramona.

– Je suis une adulte potentielle, disait Ramona avec dignité, heureuse d'utiliser un Mot Récompense.

Elle regardait Roberta allongée dans son parc avec son ours en peluche tout mâchonné. Et elle éprouvait un peu de compassion pour sa petite sœur qui ne savait pas encore ce qui l'attendait en grandissant, surtout l'orthographe.

En fin de compte, Ramona se sentait encerclée par les mots. Où qu'elle regarde, il y en avait : dans les livres et dans les journaux, sur les pancartes et à la télévision, sur les boîtes de céréales et sur les cartons de lait. Ramona conclut que le monde était plein de gens qui abusaient de leurs compétences en orthographe et n'étaient pas drôles du tout.

Puis, un jour, alors que Ramona allait en bus chez Daisy, elle regarda par la fenêtre et remarqua la plaque minéralogique d'une voiture dans l'autre file. À la place des numéros, il y avait écrit : LIBAIR.

– Daisy, regarde ! dit-elle. Ils ont oublié deux lettres.

Ramona était sûre de l'orthographe de « libraire », parce qu'elle allait dans une librairie une fois par semaine et qu'elle avait vu le mot au-dessus de la porte chaque fois qu'elle y entrait.

– Tu ferais mieux de demander à Mme Meacham, dit Daisy.

Le lendemain matin, Ramona s'approcha de Mme Meacham, se planta carrément devant la maîtresse et dit :

– J'ai vu une plaque d'immatriculation avec le mot « libraire » marqué dessus, mais avec un seul « r » et sans « e », et c'est faux.

– Très bien, Ramona, dit Mme Meacham. Je connais cette plaque minéralogique. Elle appartient à une libraire qui habite par ici.

Ramona était indignée.

– Si elle ne sait pas l'orthographe, pourquoi est-elle libraire ? Les libraires doivent savoir l'orthographe.

Mme Meacham rit et dit :

– Je suis contente que tu penses ça, Ramona, mais l'État de l'Oregon n'autorise que six lettres sur les plaques minéralogiques personnalisées. Je suis sûre que cette libraire est très bonne en orthographe.

– Oh, dit Ramona, déçue car elle aurait bien aimé qu'un adulte ait tort, pour une fois.

Elle était fatiguée de la perfection des adultes.

Le même jour, tard dans l'après-midi, Ramona, de mauvaise humeur parce que sa mère avait éteint *Hôpital central*, était en train de lire quand elle rencontra un mot étrange : « sotte ». Elle n'avait pas envie de gâcher son plaisir de lecture en allant le chercher dans un dictionnaire, alors elle cria à l'intention de quiconque voudrait bien l'entendre :

– Qu'est-ce que ça veut dire, « sot-te » ?

Beezus répondit :

– Stupide, bête, idiote, tête de mule.

Elle était de mauvaise humeur parce qu'elle avait des problèmes avec les conjugaisons françaises.

Ramona se renfrogna, agacée par la supériorité de sa sœur.

– Je ne t'ai pas demandé d'enrichir mon vocabulaire. Je voulais juste savoir ce que ça voulait dire.

– Comme j'ai dit. Stupide, bête, idiote, tête de mule, dit Beezus. Comme toi.

C'en était trop pour Ramona. Elle jeta son livre et cria :

– Maman, Beezus m'a traitée d'idiote.

– Eh bien, tu l'es, dit Beezus. Tu es idiote, stupide, bête, une tête de mule et une sotte. Tout le monde doit apprendre l'orthographe.

– Je ne t'ai pas parlé d'orthographe, et rien que parce que tu es au collège, tu crois que tu es grande ! riposta Ramona. Eh bien je trouve que tu es méchante.

– Au moins, moi, je garde propre ma moitié de chambre, dit Beezus.

Mme Quimby entra dans la chambre.

– Les filles ! Arrêtez tout de suite. J'en ai assez de ces bêtises. Ramona, tu es idiote, oui, sotte à propos de l'apprentissage de l'orthographe, et Beezus, tu es stupide quand tu insultes ta sœur. Tout ça ne peut conduire qu'à plus et plus d'insultes. Ce n'est vraiment pas un exemple pour Roberta.

Les deux filles étaient très surprises.

Leur mère leur parlait rarement avec sévérité. Elles se regardèrent d'un air qui disait : « Stupide ? Idiote ? Nous ? »

– Et par ailleurs, dit Mme Quimby, je ne veux plus vous entendre vous chamailler pour savoir à qui c'est le tour de ranger et de nettoyer votre chambre.

Puis elle sortit d'un air digne de la chambre pour aller s'occuper de Roberta qui était fiévreuse. Le pédiatre lui avait fait une piqûre pour l'empêcher d'attraper la coqueluche.

– On est gentilles la plupart du temps, dit Beezus qui regrettait ses insultes. On ne serait pas normales si on n'oubliait pas parfois.

– Je ne crois pas que Roberta sera une de ces personnes qui grandissent en sachant naturellement l'orthographe.

Ramona soupira, abattue.

– Pas avec moi pour modèle.

– L'orthographe n'est qu'une des choses que tu dois apprendre, dit Beezus, et il y a toujours le dictionnaire.

– Ennuyeux, dit Ramona.

Elle pensa tendrement à Daisy, elle-même bonne en orthographe, qui ne critiquait jamais l'orthographe de Ramona, parce qu'elle comprenait ce qu'elle voulait dire.

Après ça, Ramona et Beezus cessèrent de se chamailler autant, et Ramona continua, avec l'aide assommante de sa famille, à se débrouiller tant bien que mal avec l'orthographe. Quand le moment de faire part de ses progrès arriva, Ramona donna l'enveloppe à sa mère sans y jeter un coup d'œil. Mme Quimby lut le bulletin, sourit, embrassa Ramona et dit :

– Bon travail. Je suis fière de toi.

Puis elle tourna le bulletin pour lire la partie *Comportement*, fronça les sourcils et lut à haute voix :

– « L’orthographe de Ramona s’améliorera quand elle aura décidé de l’améliorer. »

Mme Quimby regarda Ramona, mais tout ce qu’elle dit fut :

– Eh bien ?

– Mme Meacham est méchante, expliqua Ramona. Si on écrit correctement tous les mots de la leçon, elle donne des mots très durs qu’elle appelle Mots Récompense comme si c’étaient des genres de cadeaux. Mais c’en est pas. Ils sont vraiment très, très durs comme « cercueil » et « quarantaine », le genre de mots où on ne sait même pas quelle lettre vient en premier. Je crois que tu devrais aller voir Mme Meacham pour lui dire qu’elle est méchante.

– Et qu’est-ce que tu crois qu’elle répondrait ? demanda Mme Quimby.

Ramona réfléchit un instant.

– Elle dirait que je suis une fille horrible et stupide avec un mauvais comportement, la pire élève de quatrième année qu'elle ait jamais eue, qu'elle meurt d'envie de se débarrasser de moi et qu'elle ne veut plus jamais me voir de toute sa vie.

Mme Quimby ne semblait pas bouleversée.

– Tu crois vraiment que Mme Meacham dirait ça ?

Une nouvelle fois, Ramona réfléchit avant de répondre d'une toute petite voix :

– Non, mais j'en ai marre de l'orthographe.

– Moi aussi. Et toute la famille aussi, dit Mme Quimby.

– Sauf Roberta, rappela Ramona à sa mère.

Mme Quimby ignora cette interruption.

– À partir de maintenant, tu te débrouilleras toute seule.

Elle parlait sérieusement. Parce qu'après ça, plus personne ne dit :

– Allez, Ramona, viens t'occuper de tes mots d'orthographe.

Personne ne disait :

– Ça te dirait, un peu d'orthographe avant d'aller te coucher ?

Personne ne se souciait de l'orthographe de Ramona.

Ramona commença à penser que personne ne se souciait d'elle, non plus. Sa mère était occupée à lire un nouveau livre pour son club de lecture ou à consoler une Roberta baveuse qui faisait ses dents. Beezus passait, elle, son temps à parler au téléphone ou à faire ses devoirs. M. Quimby était à la cave en train de finir de réparer la commode de sa grand-mère pour la chambre de Roberta.

Il restait donc Daisy, qui n'avait pas de problèmes d'orthographe. Un après-midi, elle vint chez Ramona et les deux filles cherchèrent quelque chose à faire. Daisy prit la page des sports du journal qui traînait sur la table basse et se mit à lire à haute voix comme si elle était un présentateur de télévision excité :

– Crash ! Splash ! Vingt-cinq dollars de remise ! Pas de premier acompte avant six mois !

Ramona prit une autre partie du journal et lut d'une voix sévère :

– « Arrêtez d'éternuer ! Débarrassez-vous de la poussière, du moisi et des moisissures avec notre système d'aspiration nettoyante – ici, une pause dramatique – et vive la propreté ! »

Les deux filles trouvèrent ça drôle.

– On dirait que c'est ce dont la chambre de Jeremy aurait besoin, remarqua Daisy avant de lire avec une pause dramatique : « Vous prévoyez un mariage romantique ? »

– Pas tout de suite, dit Ramona, en lisant attentivement le journal. Ici, il y a une lettre marrante que quelqu'un a écrite à quelqu'un qui s'occupe des trucs des impôts. Ils l'ont mise dans leurs annonces publicitaires.

– Ennuyeux, dit Daisy.

Ramona l'ignora et lut :

– Vous, les gens de chez J. K. Barker, vous connaissez très bien tous les trucs. J'devais le faire l'année dernière, et je l'ferai l'année prochaine.

Elle fronça les sourcils pour marquer sa désapprobation.

Daisy était indignée.

– Ils ne devraient pas mettre des formules comme « j'devais » et « je l'ferai » dans le journal. Mme Meacham n'aimerait pas ça.

– Ou peut-être qu'on devrait le montrer à Mme Meacham, suggéra Ramona, comme ça elle saurait qu'on peut les utiliser puisqu'ils sont dans le journal.

Daisy n'était pas convaincue.

– Tu connais Mme Meacham. Elle foncerait sur le journal avec son stylo rouge et…

– Je sais !

Ramona eut une inspiration subite.

– Et si on écrivait aux gens des impôts ? Je parie qu'ils ont fait la lettre eux-mêmes.

Daisy était enthousiaste. Ramona trouva du papier et une enveloppe, et les deux filles se mirent à rédiger leur lettre. « Chers gens des impôts », écrivit Ramona parce qu'elle écrivait mieux en attaché que Daisy. « Les expressions "j'devais" et "je l'ferai" que vous avez mises dans votre annonce, n'existent pas. Vous donnez le mauvais exemple aux enfants qui apprennent l'orthographe. Nous pensons que vous avez écrit la lettre vous-mêmes.» Ramona ajouta la dernière phrase: «Il y a de meilleurs mots que "truc".» Daisy relut attentivement la lettre pour être sûre qu'il n'y avait pas de fautes d'orthographe. Elles signèrent toutes les deux en précisant leur âge. Ramona écrivit l'adresse sur l'enveloppe et y mit aussi l'adresse des Quimby. Puis elles allèrent à la boîte aux lettres du coin, postèrent la lettre et l'oublièrent. Elles avaient d'autres choses à penser.

C'est pourquoi Ramona fut très surprise quand une semaine plus tard, en rentrant de l'école, sa mère lui tendit une longue enveloppe adressée à Mlle Ramona Quimby. Personne ne l'avait jamais appelée «Mademoiselle» à part quand on blaguait ou quand on était fâché contre elle. Ça avait l'air sérieux. L'adresse de l'expéditeur était: «J. K. Barker, expert-comptable».

– Ramona, tu as des problèmes avec tes impôts ? demanda Mme Quimby, faisant comme si elle était sérieuse alors qu'elle était en train de blaguer.

– Oh, maman. Je n'ai pas assez d'argent de poche pour ça.

Ramona ouvrit l'enveloppe et en sortit une feuille de papier rigide. C'était une vraie lettre commerciale de grande personne adressée à elle et à Daisy. C'est alors seulement que Ramona se souvint de la lettre qu'elles avaient écrite. En l'envoyant, elles ne s'attendaient pas à recevoir une réponse. Voilà ce que disait la lettre : « Chères Ramona et Daisy, j'ai fait une bourde et vous m'avez pris sur le fait ! J'ai écrit moi-même la lettre dans le journal, et je promets de ne plus jamais le refaire, pas alors que deux filles de neuf ans à qui rien n'échappe lisent mes annonces publicitaires. Vous devez bien travailler à l'école et vous allez sûrement bien réussir dans la vie. Quand vous gagnerez des millions de dollars, adressez-vous, s'il vous plaît, pour vos déclarations d'impôts à mon cabinet. Cordialement, J.K. Barker. »

Ramona était si impressionnée qu'elle relut la lettre. Les adultes n'admettaient presque jamais qu'ils avaient fait une bourde.

– Puis-je regarder ? demanda Mme Quimby.

Quand elle eut lu la lettre, elle dit :

– C'est formidable. Mme Meacham serait fière de toi.

Ramona courut au téléphone. Daisy, comme elle s'y attendait, fut tout aussi excitée qu'elle. Comme Ramona, elle mourait d'envie de montrer à Mme Meacham leur vraie lettre d'adulte.

Le lendemain matin, Daisy retrouva Ramona en descendant du bus. Toutes les deux allèrent voir Mme Meacham et lui montrèrent la lettre de J. K. Barker. Mme Meacham la lut et dit :

– Bravo ! Le monde a besoin de plus de gens comme vous pour maintenir les choses en ordre. Puis-je lire ceci à la classe ?

Bien sûr, les deux filles donnèrent leur accord, et quand Mme Meacham lut la lettre, elles essayèrent d'avoir l'air modeste. Puis la maîtresse accrocha la lettre avec des punaises au tableau d'affichage pour que tout le monde puisse la voir.

Tout le monde était impressionné, même Susan. Ouistiti, regardant droit devant lui, sourit, mais Ramona remarqua que du coin de l'œil, il la regardait.

Ramona se sentait bien, mieux qu'elle ne s'était jamais sentie depuis le premier jour de quatrième année.

# 8

## Les petits pois

Les pluvieuses journées d'hiver passèrent vite. Il y eut Thanksgiving et puis, pas longtemps après, les vacances de Noël. Daisy, qui était partie avec ses parents rendre visite à ses grands-parents, manqua à Ramona. Quand elle rentra, les deux filles passèrent tout un après-midi à habiller Roberta avec les vêtements qu'elle avait reçus pour Noël. Roberta aimait bien qu'on lui passe sa robe par la tête, qu'on fourre ses bras dans un pull et qu'on enfonce sa tête dans un bonnet. L'admiration des deux filles lui faisait plaisir. Mais elle n'était pas heureuse avec les pantoufles en crochet qui avaient des oreilles et une queue et qui ressemblaient à des lapins. C'était un cadeau de la grand-mère d'Howie qui aimait bien faire du crochet. Les pantoufles ne plaisaient pas à Roberta. Elle avança les lèvres, prête à pleurer.

– Allez, Roberta, dit doucement Ramona. Tu vas avoir des pieds en lapins. Regarde.

Avoir des pieds en lapins ne semblait pas intéresser Roberta, surtout quand elle commençait à se sentir fatiguée. Elle se mit à s'agiter.

– Peut-être que les lapins lui chatouillent les pieds, suggéra Daisy.

– Roberta, sens comme c'est gentil et doux, un lapin.

Ramona enfila une pantoufle sur les doigts de pieds recroquevillés de Roberta. Roberta se mit à hurler. Elle ne voulait pas mettre ces pantoufles et Ramona ne pouvait pas l'y obliger.

– D'accord, d'accord, dit Ramona qui s'avouait vaincue.

Ramona se rendit compte que Roberta n'était plus le bébé joyeux et gazouillant qu'elle avait été, à part quand elle faisait ses dents et quand le pédiatre lui avait fait une piqûre pour qu'elle ne soit pas malade. À présent, elle avait une vraie volonté. « Elle grandit, pensa Ramona, comme moi. »

Peu de temps après, alors qu'une pluie glacée avait trempé Ramona sur le chemin entre le bus et la maison et qu'elle était sur le point d'ouvrir la porte, sa mère cria :

– Ne marche pas sur Roberta !

Après le vent et la pluie, la cuisine semblait chaude et confortable. Mmm. Ramona huma l'odeur du pain de viande prévu pour le dîner. Elle n'aurait pas à se battre pour le découper avec son couteau. Roberta était assise par terre au milieu de la cuisine et tapait sur une casserole avec une cuillère. Ramona s'assit par terre à côté d'elle pour enlever ses bottes toutes mouillées.

– Maman, devine quoi ?

Mme Quimby, trop occupée pour deviner, ne répondit pas. Au lieu de ça, elle dit :

– Tu voudras bien me donner un coup de main avec Roberta ? C'est le soir où ton père va au bowling, et je veux dîner tôt. Je suis en retard parce que Roberta a renversé un bocal de sauce tomate au supermarché.

D'un geste vif, elle prit Roberta, dit : « Allez, hop ! », l'assit sur sa chaise haute, ramassa la casserole et la cuillère en bois et les jeta dans l'évier. Elle posa une assiette en plastique contenant le dîner de Roberta et un gobelet avec un bec sur le plateau de la chaise haute, et elle tendit une cuillère à Ramona.

Ramona examina le dîner de Roberta.

– Qu'est-ce que c'est que ce truc vert ? demanda-t-elle, tout en attachant un bavoir autour du cou de Roberta.

Roberta, qui était d'humeur joyeuse, poussait des petits cris et tapait le plateau avec ses mains.

– Des petits pois, répondit Mme Quimby, occupée à secouer la laitue humide dans un torchon. J'étais pressée et j'ai trouvé un vieux bocal de nourriture pour bébé. Je sais que Roberta est trop grande pour les petits pois en purée, mais je ne voulais pas les gâcher.

– Beurk, dit Ramona.

Les petits pois n'étaient pas appétissants, et Roberta avait l'air si innocente et si confiante. Oh, bon, après tout c'était Roberta qui devait les manger. En mettant la cuillère dans la bouche rose du bébé ou en guidant sa petite main vers la cuillère, Ramona se sentit adulte et responsable. Pour changer un peu, elle avait l'impression d'être la grande sœur.

Dans l'entrée, le téléphone sonna. Mme Quimby alla répondre.

– Oh, bonsoir, Sally, dit-elle.

Ramona se dit que c'était sans doute une dame du club de lecture. La conversation allait donc être très longue et très ennuyeuse. Peut-être qu'en se dépêchant, elle pourrait voir un bout d'*Hôpital central* avant que sa mère ait terminé sa conversation et lui demande d'éteindre. Le docteur aux cheveux frisés était tombé amoureux de l'infirmière blonde qui était secrètement mariée… Ramona mourait d'envie de savoir ce qui allait se passer ensuite. Elle décida de tenir elle-même la cuillère pour faire manger Roberta plus rapidement.

Mme Quimby était en train de dire :

– Et si on lisait un livre plus court cette fois ? J'ai cru que je ne viendrais jamais à bout de *Moby Dick*.

Ramona souleva une cuillerée de fromage blanc.

– Ouvre grand, dit-elle à Roberta. Ça va descendre le petit chemin rouge.

C'était ce que sa mère disait quand elle donnait à manger à Roberta. Ramona ouvrit elle aussi la bouche, parce qu'elle était le modèle de Roberta. Obéissante, Roberta l'imita et laissa entrer le fromage blanc.

– C'est bien, dit Ramona.

Roberta sourit la bouche pleine et tapa avec ses talons contre la chaise haute.

Mme Quimby était en train de dire :

– J'aime vraiment beaucoup notre club de lecture. Maintenant que je ne travaille plus – non pas que s'occuper de mes filles ne soit pas du travail – j'aime beaucoup pouvoir exercer mon esprit.

Ramona était surprise et un peu blessée que sa mère trouve que ses filles étaient du travail.

Roberta essaya de saisir la cuillère. Ramona la prit parce que Roberta finirait plus vite si on la nourrissait. Elle passa aux petits pois en purée.

– Allez, Roberta. À l'abordage, dit-elle, utilisant l'expression de son père.

Mais tout le monde resta à quai. Ramona essaya d'enfoncer la cuillère entre les lèvres de Roberta. Mais Roberta n'avait pas l'intention d'être forcée. Ramona s'impatientait, elle avait envie d'aller regarder la télévision – si le mari de l'infirmière blonde découvrait l'histoire avec le docteur aux cheveux frisés –, Roberta gardait les lèvres très serrées.

– Eh, Roberta. Regarde ta grande sœur.

Ramona ouvrit grand la bouche, et, après un petit temps de réflexion, Roberta fit de même. Ramona fourra les petits pois dans sa bouche. Roberta fronça les sourcils, mais accepta une autre cuillerée. Puis elle se pencha en avant de sa chaise et cracha lentement les petits pois sur le linoléum.

– Roberta ! cria Ramona.

Comme Roberta avait l'air inquiète, Ramona changea de ton et dit :

– Miam-miam ! Voilà des bons petits pois pleins de vitamines.

Elle sourit en tendant une généreuse cuillerée vers les lèvres de Roberta tout en pensant : « Horribles, sales petits pois », avant de dire :

– Ouvre grand.

Une fois que Roberta eut fait ce qu'on lui avait dit, Ramona versa une cuillère de petits pois dans sa bouche.

La bouche pleine de petits pois, Roberta avait l'air à la fois surprise et déçue, comme si sa sœur l'avait trahie. Et elle souffla très fort, pulvérisant sur Ramona une bouillie verte collante et puante de petits pois.

– Roberta! cria Ramona, en faisant tomber sa cuillère sur le plateau de la chaise haute et en s'essuyant le visage avec sa manche.

Roberta prit la cuillère et l'enfonça dans sa nourriture en gazouillant. Puis, tout heureuse de ce qu'elle avait fait, elle jeta la cuillère. Pourquoi s'embêter avec ça alors qu'elle avait des mains? Elle tapota sa nourriture et se frotta les cheveux.

– Maman! cria Ramona. Roberta fait des saletés.

– Débrouille-toi, ma chérie, je suis occupée, répondit Mme Quimby de l'entrée. Fais de ton mieux.

– I-i-i ! cria Roberta en faisant tomber son gobelet sur le sol.

Avant que Ramona ait eu le temps d'aller chercher un rouleau de sopalin pour essuyer le visage, les cheveux, la chaise haute de Roberta, enfin tout, Roberta essaya de ramasser son assiette qui avait été entraînée par le gobelet dans sa chute. Elle fit la grimace et prit une poignée de nourriture. Puis elle la fit tomber de sa main sur le sol dans un grand floc. Ça lui plut tellement qu'elle se remit à pousser des petits cris perçants.

– Roberta ! Vilaine fille ! cria Ramona en s'essuyant le visage.

Elle ne voulait plus jamais sentir des petits pois.

Roberta eut l'air blessée dans son amour propre.

Cette fois, mettant fin à sa conversation sur le club de lecture, Mme Quimby dit :

– Désolée, Sally. J'entends une damoiselle en détresse.

Quand elle vit le désordre qui régnait dans la cuisine, elle soupira, saisit une éponge et s'exclama :

– Eh bien, il y a des jours comme ça.

Ramona essaya d'enlever avec un sopalin les petits pois des cheveux de Roberta. Elle n'avait plus du tout l'impression d'être une grande sœur. Elle avait l'impression d'être une sœur en colère, même si Roberta n'était qu'un bébé. Roberta souriait d'un sourire enduit de petits pois et de fromage blanc.

– Ne t'inquiète pas pour ça, Ramona, dit Mme Quimby d'une voix fatiguée. Les saletés font partie du rôle de maman. C'en est même une grande part, maintenant que j'y pense. Qu'est-ce que tu voulais me dire avant que le téléphone sonne ?

Ramona hésita. D'une certaine façon, sa nouvelle ne semblait plus importante.

– Oh, pas grand-chose, répondit-elle au moment où M. Quimby et Beezus arrivèrent ruisselants par la porte de derrière. C'est juste qu'un photographe va venir faire les photos des élèves demain, et Mme Meacham a dit qu'on allait avoir une boîte de Saint-Valentin dans notre salle.

– C'est bien, dit Mme Quimby. Papi Day et Tante Bea aiment bien avoir ta photo.

– N'oublie pas de dire «cheese», dit M. Quimby en marchant sur des petits pois et sur du fromage blanc.

– Les photographes nous disent toujours de dire ça, intervint Beezus, la grande sœur expérimentée.

Elle enleva son imperméable et le déposa sur une chaise, avant de ramasser le gobelet de Roberta qui était sur le sol.

M. Quimby ne prit pas la peine d'enlever son imperméable. Il humecta un torchon et se mit à essuyer les mains et le visage de Roberta.

– Je constate que la Troisième Sœur a son petit caractère, dit-il.

– I-i-i, cria Roberta, contente d'avoir sa famille aux petits soins pour elle.

C'était l'avantage d'être la plus petite.

Un peu désolée de n'avoir pas su nourrir Roberta proprement, Ramona partit dans sa chambre pour voir ce qu'elle pourrait mettre pour sa photo de classe.

Le lendemain matin, Ramona mit sa robe chasuble en tissus écossais rouge et son chemisier blanc au col ondulé. Elle y était un peu à l'étroit au niveau des épaules et des emmanchures, mais elle adorait la jupe plissée tournoyante, même si elle avait autrefois appartenu à Beezus. Sous la jupe, elle portait un short, comme ça aucun garçon ne pourrait voir sa culotte si elle se baissait. Elle se brossa les cheveux de derrière, bien qu'on ne les voie pas sur la photo.

– Ta robe n'est-elle pas un peu trop…, commença Mme Quimby alors que Ramona prenait son panier-repas.

Elle dut changer d'avis car elle finit par dire :

– Tu es très jolie aujourd'hui, ma chérie.

– Ne t'étrangle pas avec ce chemisier, dit Beezus. Il a l'air atrocement serré.

Ramona fit mine d'ignorer la remarque de sa sœur et partit vers l'arrêt de bus en se sentant propre, élégante et belle. Il avait cessé de pleuvoir et, même s'il faisait froid, elle laissa son imperméable déboutonné pour, comme Beezus, ne pas froisser ses vêtements. Au lieu de gambader, elle marchait pour éviter d'être décoiffée. Elle résista à l'envie de sauter dans les flaques.

Mme Pitt, tout en continuant à ramasser les prospectus publicitaires déposés sous son porche, dit :

– Ça, par exemple ! N'es-tu pas jolie ce matin ?

Ramona sourit d'un air modeste. C'était le genre de remarque d'adulte qui n'attendait pas de réponse.

– Pourquoi est-ce que tu t'es bien sapée ? demanda Howie qui était en train de manger un sandwich au milieu du trottoir.

– Pour la photo, répondit Ramona.

– La belle affaire ! s'exclama Howie.

– Es-tu zapée pour une fête ? demanda une petite fille qui, selon Ramona, devait être en deuxième année parce qu'il lui manquait ses deux dents de devant.

Alors que Ramona se dirigeait vers sa

salle de classe, Mme Meacham, dont les cheveux avaient été récemment frisés, sourit et dit :

– Tu es très jolie aujourd'hui, Ramona.

– Je sais, répondit modestement Ramona.

Elle sentait la couture de son chemisier cisailler l'articulation de son épaule.

– Tu es habillée comme si tu te prenais pour quelqu'un, dit Susan.

– Je suis quelqu'un, répliqua Ramona avec un mouvement brusque de la tête.

Elle s'arrangea pour rester impeccable jusqu'à l'heure de l'orthographe. À cette heure-là, la secrétaire de l'école ouvrit la porte et fit signe à Mme Meacham, qui dit :

– Très bien, les enfants. C'est l'heure de la photo. Mettez-vous en rangs et marchez *calmement* jusqu'à la bibliothèque. Là vous attendrez *calmement* votre tour. Et n'oubliez pas de sourire. Dans votre école, apprendre, c'est amusant. Montrez-le à vos parents en souriant.

Ramona était contente d'échapper à l'étude des sons « é », « è », « ai » et « ei » pour un petit moment.

Dans la bibliothèque, un rideau avait été installé. Dessus, il y avait l'image de rien de particulier – des nuages peut-être, ou des ombres. Le photographe était un jeune homme avec un épi rebelle au sommet du crâne.

– Salut, les mômes, dit-il. Je m'appelle Bill.

Il montra du doigt une boîte pleine de peignes jetables.

– Faites-vous beaux.

Certains élèves prirent des peignes, d'autres se lissèrent les cheveux avec les mains. Bill fit signe à la première de la queue. Comme d'habitude, c'était Susan.

Il la mit devant l'appareil et dit, exactement comme Beezus l'avait prédit :

– Dis « cheese ».

Susan dit « cheese ». L'appareil cliqueta.

– Au suivant ! dit Bill alors que Susan faisait un pas de côté.

Un garçon prit sa place.

– Dis « cheese », ordonna Bill.

Cela se reproduisit maintes et maintes fois jusqu'à ce que ce soit au tour de Ouistiti. Il se tint bien droit, fit un large sourire et, après avoir dit « cheese », ne fit pas de pas de côté.

– Comment vous faites pour nous dire toujours de dire « cheese » ? demanda-t-il. Vous n'en avez pas marre ?

– En fait oui, maintenant que tu y fais allusion, répondit Bill. Au suivant !

C'était au tour de Ramona de se tenir devant le rideau pour dire « cheese ».

Alors Bill surprit Ramona.

– Dis « petits pois », dit-il.

Tout de suite Ramona pensa aux petits pois gluants et puants que Roberta lui avait crachés au visage. Beurk. Sans y penser, elle se renfrogna, plissa le nez comme si elle sentait une mauvaise odeur et abaissa les coins de sa bouche. L'appareil cliqueta, la classe rigola, et Bill dit :

– Au suivant !

Ramona hésita.

– Avance, ordonna Bill. Il y a un tonnillion de mômes.

Ramona se déplaça. Elle avait l'impression que le cou de son chemisier était en train de l'étrangler, alors elle déboutonna le bouton du haut. Elle se demanda ce que dirait sa famille en voyant la photo.

Peu à peu, alors que la journée s'écoulait et que la classe s'absorbait dans l'étude des pionniers traversant les plaines dans leurs chariots couverts, Ramona se disait que peut-être la photo n'était pas aussi mauvaise qu'elle le pensait. Peut-être que Bill avait pris la photo un millionième de seconde avant qu'elle fasse la grimace. Bien sûr. C'est ça qui s'était passé. Bien sûr que c'était ça. Tout le reste de la journée, Ramona se sentit mignonne et guillerette malgré ses habits trop serrés.

# 9

## LE CHAT-SITTING DE RAMONA

Ramona oublia complètement sa photo de classe. Elle avait d'autres choses en tête.

– J'aimerais pouvoir tout accélérer et être assez grande pour faire du baby-sitting, confia-t-elle à Beezus un matin froid et humide alors qu'elle observait sa sœur enfiler un nouveau T-shirt qu'elle s'était acheté avec l'argent qu'elle avait gagné. Je me suis bien entraînée avec Roberta quand maman était occupée et je suis sûre que je pourrais le faire.

Beezus eut l'air pensive.

– Peut-être…

Elle n'était pas sûre. Elle regardait sa sœur enfiler ses chaussettes, allongée sur son lit, les pieds en l'air.

– Tu es plutôt du genre à être pom-pom girl.

– Vraiment ? dit Ramona en s'asseyant, étonnée de cette perspicacité sur son caractère. Pourquoi ?

– Oh, tu sais…, commença Beezus en faisant un geste dégagé de la main. Tu es tout le temps en train de sauter partout et de secouer des trucs.

Ramona ne savait pas quoi dire alors elle dit :

– Je m'en fiche. Je veux quand même faire du baby-sitting.

C'est pourquoi, un après-midi un peu avant les vacances de Noël, Ramona rentra de l'école et demanda à sa mère :

– Si je ne suis pas assez grande pour

faire du baby-sitting, est-ce que je peux faire du chat-sitting?

Mme Quimby réfléchit un instant avant de demander:

– Tu penses aux chats en général ou à un chat en particulier?

– Au chat du frère de Daisy, Patte, répondit Ramona. Pendant les vacances, sa famille part à Roseburg pour voir les grands-parents de Daisy. Ils prennent leur chien dans la voiture. Mais ils devront mettre Patte dans un refuge, et Patte sera malheureux car il sera enfermé dans une cage et qu'il n'y aura personne pour le câliner.

– Oh, dit Mme Quimby.

– Ma-man, dit Ramona qui était impatiente. Patte est vraiment un très gentil chat. Il ne griffe pas les meubles, ni rien du tout. Daisy dit que quand il est resté au refuge à Noël l'année dernière, il est revenu tout grognon. Et puis la mère de Daisy me paiera pour le chat-sitting.

– Ah? dit Mme Quimby en souriant. J'ai l'impression que toi et Daisy avez pensé à tout.

Ramona persévéra:

– Si Beezus peut faire du baby-sitting, je ne vois pas pourquoi…

– Ramona, l'interrompit Mme Quimby qui ne souriait plus. Je ne peux vraiment pas te conduire en voiture chez Daisy tous les jours pour nourrir un chat. Avec Roberta, ça ferait vraiment trop.

Ramona n'était pas le genre de fille qui abandonnait facilement.

– On pourrait prendre Patte ici. On a déjà eu un chat.

Elle respira un bon coup pour se préparer à une plaidoirie plus convaincante. Si c'était nécessaire, elle pourrait même pleurer.

– S'il teee plaîaîaît, s'il teee plaîaîaît. Je

m'occuperai très bien de lui. Tu n'auras rien à faire. Et je sais que Roberta adorera le câliner.

Mme Quimby soupira.

– Eh bien… si tu jures que tu seras totalement responsable de lui. Combien de temps seront-ils partis ?

– Rien qu'une semaine, rien qu'une toute petite minuscule semaine.

Mme Quimby sourit.

– Ça n'existe pas une toute petite semaine. Une semaine, c'est sept jours, ni plus, ni moins. Très bien. Tu pourras garder Patte une semaine si les parents de Daisy sont d'accord pour l'apporter ici. Mais n'oublie pas : c'est ta responsabilité et celle de personne d'autre.

Ravie d'avoir la chance de pouvoir montrer qu'elle était responsable, Ramona courut au téléphone raconter la bonne nouvelle à Daisy.

Quelques jours plus tard, Mme Kidd, Daisy et Jeremy livrèrent un Patte miaulant et en colère dans sa panière. Il y avait aussi son bac à litière, un sac de litière, une brosse, des boîtes de pâtée pour chat et des croquettes, deux écuelles et une construction carrée couverte de moquette avec deux trous, l'un au-dessus de l'autre, tous deux assez gros pour que Patte puisse s'y cacher.

– Jeremy a construit lui-même le poteau à griffes de Patte, dit Daisy qui était fière de son frère. On l'appelle la maison à chat de Patte.

Ramona n'avait pas réfléchi à l'équipement de Patte. Elle s'attendait à ce qu'il soit un chat pas encombrant.

Mme Kidd défit le loquet de la panière.

– Ce sera mieux pour Patte, dit-elle. Il va s'installer aussitôt qu'il aura inspecté les lieux. On ne peut vraiment pas assez te remercier.

– Tout est parfait, dit Mme Quimby. Ramona est impatiente de s'occuper de lui.

Patte s'assit et se mit, avec sa langue rugueuse, à lisser sa fourrure ébouriffée et à enlever la saleté de sa cage.

Ramona observa le bac à litière. Elle s'était imaginée tenir Patte et le câliner tout en regardant la télévision ou en lisant un livre.

À ce moment-là, Beezus entra dans la pièce, regarda Patte et dit :

– Ne compte pas sur moi pour vider sa litière. Ce n'est pas moi la responsable.

Puis elle vit Jeremy et vite changea de ton pour dire :

– Oh… salut, Jeremy.

– Salut, Béatrice.

Jeremy rougit.

– Allez, les enfants. On a des millions et des millions de choses à faire.

Mme Kidd serra dans ses bras Ramona et dit :

– Je te remercie, Patte te remercie, nous te remercions tous. Oh… et n'oublie pas de le brosser tous les jours. Comme ça, il n'abandonnera pas plein de boules de poils.

– Il n'y a pas de quoi, dit Ramona avec autant d'enthousiasme qu'elle pouvait en montrer.

Elle n'aimait pas l'odeur de la nourriture pour chats, et elle ne voulait même pas penser aux boules de poils.

Jeremy se pencha pour caresser Patte.

– À bientôt, vaurien. Tu vas me manquer.

Patte se frotta contre les jambes de Jeremy. La famille de Daisy partit avec la panière, laissant Ramona responsable du chat.

– Gentil minet, dit Ramona en essayant d'y croire.

Patte arrêta de se lécher la patte pour regarder Ramona. Puis il se remit à se laver comme si elle n'existait pas.

– Ramona, descends le bac à litière à la cave, dit Mme Quimby d'une voix brusque et pleine de bon sens.

Ramona savait qu'elle n'avait pas le choix et qu'elle devait faire ce qu'on lui disait. Quand elle revint, Beezus tenait Roberta dans ses bras et répétait :

– Tu as vu le minet ? Tu as vu le gentil minet ?

Roberta était imperturbable. Elle ne s'était pas encore fait un avis sur Patte qui ne s'occupait que de sa fourrure et de ses pattes.

– Tu pourrais aller lui chercher à manger et à boire pour qu'il se sente plus chez lui, suggéra la mère de Ramona.

Ramona étala du papier journal sur le sol dans un coin de la cuisine, disposa les écuelles de Patte et, avec un ouvre-boîtes électrique, ouvrit une boîte de Ron-ron. « Beurk. »

Une bouffée et elle essaya de ne plus respirer. Patte, reconnaissant le son de l'ouvre-boîtes, arriva en courant aux nouvelles.

– Voilà, votre altesse, dit Ramona avec mauvaise humeur.

Patte fit comme si elle n'était pas là. Ramona essaya de se racheter de son ton désagréable en le caressant, mais Patte se contenta de tourner assez la tête pour lui adresser un regard qui disait : « Tu n'es pas mon amie. » Après avoir mangé, il partit explorer la maison. Finalement il alla se recroqueviller dans un des trous de la maison à chat et observa d'un œil torve le salon des Quimby. Puis il s'endormit.

Un peu plus tard dans la soirée, Mme Quimby dit à Ramona :

– C'est l'heure du dodo pour ton pensionnaire. Tu ferais mieux de l'enfermer à la cave.

Patte n'était pas d'accord.

– Ici, minou, minou, répéta Ramona d'un ton enjôleur.

De son trou du poteau, Patte lança un regard furieux à Ramona.

– Viens, minet, minet, susurra Beezus qui essayait d'aider Ramona.

Après tout, elle aimait bien les chats. Patte l'ignora, elle aussi, et garda le menton entre les pattes.

Mme Quimby mit la main dans le trou et caressa la tête du chat.

– Gentil minet, murmura-t-elle.

Patte ferma les yeux.

– Je vais vous montrer comment on s'y prend avec un vieux matou, dit M. Quimby.

Il saisit le poteau recouvert de moquette, le tourna sur le côté et fit tomber Patte sur le tapis.

– Attrapez-le, ordonna-t-il.

Ramona tacla Patte et le saisit. Patte se décontracta.

– Gentil minou, dit-elle en essayant de lui faire oublier l'humiliation subie.

Il était plus lourd qu'elle ne le pensait.

M. Quimby gratta l'oreille de Patte.

– Allez, à la cave, l'ami, dit-il.

Ramona traîna le chat jusqu'à la porte de la cave, le posa sur la première marche et referma vite la porte. Elle voulut se faire pardonner cette méchanceté, alors elle entrouvrit la porte et dit :

– Bonne nuit, Patte.

Le chat était silencieux. Il le resta, en fait, jusqu'à ce que tout le monde soit couché et endormi. Alors, il se mit à protester. Il gémissait devant la porte de la cave, miaulait à faire pitié et gémissait de plus belle. À part Roberta qui dormait toujours à poings fermés, toute la famille fut réveillée.

– Ramona! appela M. Quimby. Fais quelque chose pour ce chat.

– Qu'est-ce que je dois faire? demanda Ramona à moitié endormie.

– Débrouille-toi, dit son père.

Ramona était bien embêtée. Maintenant qu'elle était en quatrième année, ses parents lui disaient souvent de se débrouiller alors qu'elle avait justement besoin d'aide.

Sans se soucier de ses pantoufles, tout ensommeillée, elle descendit en trébuchant dans l'entrée à peine éclairée par la petite lumière verte de la brosse à dents électrique qui se trouvait dans la salle de bains. Le linoléum de la cuisine était froid sous ses pieds quand elle ouvrit la porte de la cave.

– Allez, vieux matou, dit-elle en sentant la fourrure de Patte contre sa chemise de nuit. Tu vois que je m'inquiète de ce que tu veux.

Ce que Patte voulait, c'était dormir sur le canapé du salon. Il avait gagné. Le lendemain matin, quand les Quimby se levèrent, il bâilla, s'étira, alla vers son écuelle à eau, décida qu'elle ne lui plaisait pas, partit sans se presser dans la salle de bains et but l'eau des toilettes.

– Espèce de vieille fripouille, marmonna M. Quimby dans le vrombissement de son rasoir électrique.

Maintenant que Patte avait précisé aux Quimby qu'il avait l'intention de fixer lui-même les règles de son séjour chez eux, il se mit à être un chat très gentil. Comme Ramona l'avait prévu, Roberta était fascinée par cette créature plus petite qu'elle. Elle le poursuivait en rampant, tapotait sa fourrure et gazouillait de plaisir. Ça n'avait pas l'air de gêner Patte. Quand Roberta était trop brutale ou quand elle lui tirait la queue, il se contentait d'aller se réfugier dans l'un des trous de sa maison à chat.

Ramona, qui avait espéré que quelqu'un l'accompagnerait au parc pour qu'elle travaille à une nouvelle série de cals, trouvait que sa vie était maintenant pleine de corvées. Elle lavait les plats de Patte, changeait son eau même s'il buvait dans les toilettes, lui servait ses repas, enlevait avec une brosse les poils qu'il laissait sur le canapé, brossait Patte aussi pour qu'il n'en perde pas trop et le surveillait quand Roberta le poursuivait en rampant sur le sol.

Un après-midi, peu de temps après, alors que Beezus était chez Abby et que Ramona était assise par terre, un œil sur

Roberta et Patte, l'autre sur son livre, Mme Quimby dit :

– Tu crois que tu pourrais surveiller Roberta pendant que je vais chercher Beezus en voiture ? Je n'en aurai que pour quelques minutes.

– Bien sûr, maman.

Ramona était ravie. Elle avait été promue de chat-sitter à baby-sitter. Elle était fière que sa mère lui fasse finalement confiance.

– Tu es sûre ? demanda Mme Quimby.

– Bien sûr que je suis sûre. Je la surveille tout le temps, dit Ramona.

Reprenant la phrase que Beezus disait très souvent, elle ajouta :

– Tu t'inquiètes trop.

– C'est le rôle des mamans, dit Mme Quimby en sortant.

– Maintenant, tu vas être une gentille petite fille, conseilla-t-elle à sa petite sœur qui était assise sur le sol tenant sa précieuse petite couverture contre son visage.

Roberta avait l'air enchantée à l'idée d'être une gentille petite fille. Elle saisit un magazine sur la table basse et en déchira la couverture alors qu'il tombait sur le tapis.

– I-i-i, cria-t-elle, si ravie de ce qu'elle venait de faire qu'elle en laissa tomber sa couverture.

Des deux mains, elle se mit à chiffonner quelques pages. Le bruit qu'elle faisait dérangea Patte qui était en train de sommeiller sous la fenêtre.

– Non, non, Roberta, dit Ramona. Ne fais pas mal au gentil magazine.

Roberta avait vu que sa mère était partie. Elle lança donc à Ramona un regard qui voulait dire: «Tu n'es pas ma mère et je n'ai pas à t'obéir», avant de se remettre à chiffonner un peu plus de pages. Elle n'avait pas l'intention de se soucier de sa sœur, pas quand elle venait d'inventer un nouveau jeu. Elle déchira une autre page et en prit une bouchée.

– Non, non, cria Ramona. C'est dégoûtant. Beurk ! Crache-le dans la main de Ramona.

Roberta trouvait que son jeu était de mieux en mieux. Elle ouvrit la bouche et laissa tomber un bout de papier poisseux dans la main de Ramona.

– Beurk ! s'exclama Ramona. C'est bien.

Elle prit le magazine des mains de Roberta et le lança sur la table basse. Puis elle jeta le bout de papier mâché tout humide dans la cheminée.

Alors que Ramona était en train de faire ça, Patte se mit à tousser. Une toux sèche et profonde. Ramona se dit que c'était à cause des boules de poils. Elle n'avait pas dû le brosser assez. Il allait vomir juste là, sur le tapis, et elle allait devoir tout nettoyer. Pouah ! Beurk ! Patte toussait de plus en plus fort. On pouvait entendre Roberta déchirer du papier à nouveau. Elle avait réussi à tirer un magazine posé sur la table basse. Au moins, déchirer un magazine l'occuperait un moment.

– Tiens bon, Patte, cria Ramona en ouvrant la porte d'entrée.

Elle le saisit par la taille et, malgré son poids, réussit à le porter dehors, à descendre les marches et à le déposer sur l'herbe hivernale toute broussailleuse. Elle retourna vers Roberta. Mais si Patte s'enfuyait ? Qu'est-ce qu'elle ferait si elle perdait le chat de Jeremy ? Elle décida que Roberta, occupée avec son magazine, était en sécurité pour l'instant. Elle retourna vers Patte. Elle ne le lâchait pas pour être sûre qu'il ne s'enfuie pas. Elle lui ordonna :

– Crache, Patte, crache.

Elle avait peur de ce que sa mère et Beezus – elles devaient être là d'une minute à l'autre – diraient si elles la trouvaient dehors avec le chat et non à l'intérieur avec Roberta.

En une dernière quinte de toux, Patte se libéra tout seul de la boule de poil.

– Merci, marmonna Ramona en se mettant à le traîner dans la maison.

Patte n'était pas d'accord. Il échappa avec peine à son emprise et courut à l'intérieur sans son aide.

– Crétin de chat, dit Ramona. Si tu ne te lavais pas autant, tu n'aurais pas de boules de poils.

Elle trouva Patte en train de se laver, allongé sur le tapis. Roberta, laissant derrière elle sa couverture, se dirigeait en rampant vers la maison à chat inhabitée. Avant que Ramona ait pu l'attraper, elle fourra sa tête dans le trou du bas pour voir ce qu'il y avait à l'intérieur.

– Roberta! cria Ramona.

Que se passerait-il si sa mère et Beezus arrivaient maintenant?

Roberta éternua et se mit à crier. L'intérieur de la maison à chat était sombre, effrayant et plein de poils de chat. Elle n'aimait pas ça du tout. Ramona attrapa sa petite sœur par la taille et tira. Roberta, effrayée par le fait d'être tirée, se mit à crier encore plus fort. Patte arrêta de se laver pour regarder par-dessus son épaule avec désapprobation. Patte était très sensible au bruit.

– Tout va bien, Roberta, dit Ramona, essayant de parler de la façon la plus apaisante possible tout en tirant.

Roberta criait de plus belle, ses cris étaient étouffés par les parois du poteau à griffes. Ramona retint sa respiration quand elle entendit une voiture arriver et souffla un grand coup quand elle constata que la voiture ne tournait pas dans l'allée des Quimby. Elle ne voulait pas que sa mère et Beezus trouvent Roberta, la tête coincée dans un trou, en train de renifler des poils de chat.

«Qu'est-ce que je vais faire maintenant?» Ramona réfléchissait intensément tout en caressant doucement le dos de Roberta pour la calmer.

– Allons, allons. Ramona va te sortir de là.

Mais comment? Hurlante, Roberta agitait frénétiquement ses petits pieds sur le tapis et poussait le poteau à griffes avec ses mains.

«Et si elle étouffait?» se demanda avec angoisse Ramona. «Est-ce que je dois appeler le 911?» Les pompiers viendraient et ils la sauveraient, n'est-ce pas? À la télévision, ils sauvaient souvent les gens. Ramona se dirigea vers le téléphone. Mais elle réalisa soudain que Roberta ne s'étouffait pas puisqu'elle criait. Pour crier, elle devait respirer, et avec tout le bruit qu'elle faisait, elle devait respirer très fort. Une nouvelle fois, Patte arrêta de se laver pour montrer sa désapprobation. Un chat a besoin de calme et de silence, surtout quand sa fourrure a été ébouriffée.

« Il faut que je réfléchisse, se dit Ramona, et vite, avant que maman ne revienne. Si la tête de Roberta a pu rentrer dans le trou, elle doit pouvoir en sortir. Qu'est-ce que ça a de différent ? Roberta ne criait pas quand elle a mis sa tête dans le trou – voilà la différence. Sa bouche était fermée. Maintenant, elle est ouverte. Son menton est donc dans le passage. » Tout ce que Ramona avait à faire, c'était la faire cesser de crier. Mais comment ? Alors

Ramona eut une idée. Elle dit aussi joyeusement qu'elle le pouvait :

– Où es-tu, Roberta ? Où te caches-tu ?

Sa sœur avait toujours aimé jouer à « Loup, y es-tu ? »

La réponse de Roberta fut de secouer ses pieds plus fort et de se remettre à crier. Ramona constata que son stratagème ne marchait pas. Elle devait trouver autre chose. Elle entendit une nouvelle voiture. Est-ce que c'étaient elles ? Non, ce n'était pas la voiture des Quimby. Elle essaya de réfléchir à ce qui amusait Roberta. Soudain, ça lui revint. Les comptines ! Ramona caressa doucement le dos de Roberta, mit sa bouche tout près de l'épaule de sa sœur et commença doucement à réciter « Trois petits chatons... »

Les pieds de Roberta cessèrent de marteler le tapis. Encouragée, Ramona continua :

– Ont perdu leurs mitaines…

Roberta arrêta de crier. Elle écoutait. Ramona continua de réciter tout en la tirant doucement par les épaules.

– Vous avez perdu vos mitaines, méchants chatons ! Alors vous n'aurez pas de gâteau. Miaou, miaou…

C'était la partie de la comptine que Roberta préférait. Ramona tira hors du trou avec précaution la tête de sa sœur et, soulagée, elle se décontracta. Puis elle serra dans ses bras le bébé qui, à ce moment-là, était pour elle la personne la plus précieuse du monde. Roberta se blottit contre Ramona qui finissait de réciter la comptine :

– Non, vous n'aurez pas de gâteau.

Roberta était ravie.

– Mo-mo, dit-elle.

Ramona embrassa sa sœur. « Mo-mo » était la façon dont Roberta disait « Ramona». Elle posa sa sœur sur le sol, lui donna sa petite couverture, alla chercher un Kleenex, lui essuya le nez et jeta toutes les pages déchirées dans la cheminée. Puis, quand elle entendit la voiture des Quimby entrer dans l'allée, elle prit son livre. Roberta, tenant d'une main sa couverture contre son visage tout en suçant le pouce de son autre main, regardait Patte qui lavait avec précaution le bout de sa queue. «J'ai réussi», pensa Ramona. «J'ai fait du baby-sitting. Je suis responsable.» Épuisée par toutes les responsabilités qu'elle avait prises, elle ouvrit son livre et fit comme si elle n'avait cessé de le lire. Mais elle réfléchissait: «Plus qu'un jour et Patte rentre chez lui.»

– Je vois que tout s'est bien passé pour vous trois, commenta Mme Quimby en entrant dans la pièce.

– Oui, et tu es partie longtemps, répondit Ramona.

Mme Quimby regarda sa montre.

– Seulement quinze minutes. Il y avait plus de circulation que je ne pensais.

Seulement quinze minutes. Ramona pensait que ça avait duré des heures.

– Roberta a l'air prête pour une petite sieste, dit Mme Quimby en soulevant le bébé. Hop-là !

Elle la porta dans sa chambre.

Ramona reposa son livre et regarda Beezus enlever sa veste et dérouler son cache-nez.

– Je me disais..., dit Ramona avant de marquer une pause.

– Tant mieux pour toi, répliqua Beezus.

Ramona ignora cette remarque désagréable et poursuivit :

– Je me disais : comment fait-on pour devenir pom-pom girl ?

# 10

## La boîte de Saint-Valentin

Le vent et la neige apparurent dès le début du mois de février. Mme Pitt réussit à dégager avec une pelle un chemin sur le trottoir devant chez elle. Et puis les écoles furent fermées pour au moins une semaine. Ramona et Daisy étaient trop occupées à descendre la colline de la 37$^{e}$ rue sur la vieille luge de M. Quimby, « une vraie antiquité » comme disait Beezus, pour se soucier de ce qui avait pu se passer à l'école.

C'est pourquoi Ramona fut surprise quand l'école rouvrit ses portes et qu'on leur distribua de grosses enveloppes grises contenant leurs photos de classe. Sûre que Bill avait pris la photo une seconde après qu'elle avait fait une grimace, elle ouvrit l'enveloppe en pensant qu'elle serait mignonne et guillerette, et peut-être même un peu jolie. Mais non. Elle n'était pas mignonne. Elle n'était pas guillerette ou au moins un peu jolie. Elle avait seulement l'air d'une fille banale, ordinaire en train de faire une grimace répugnante. Honteuse, elle glissa l'enveloppe dans son sac.

Malheureusement, tout le monde dans la classe avait, en plus de sa grande photo et d'autres plus petites, une feuille avec les photos, à peine plus grandes qu'un timbre-poste, de chacun des élèves. Tout le monde montrait du doigt la photo de Ramona en ricanant.

Susan dit beaucoup trop gentiment :

– C'est vraiment dommage pour ta photo, Ramona.

Daisy, qui était toujours gentille, dit :

– Ne t'inquiète pas pour ça, Ramona. Tout le monde sait que tu n'as pas du tout l'air comme ça.

Ouistiti était silencieux. Ramona fut tout à coup en colère contre lui parce qu'il ne faisait pas attention à elle, même dans le bus. Ce n'était pas sa faute si Mme Meacham avait confisqué son mot et l'avait embarrassé devant toute la classe.

Ramona rejeta ses cheveux en arrière pour montrer à toute la classe qu'elle se fichait de ce qu'ils pensaient.

En rentrant chez elle ce jour-là, elle cacha ses photos. Elle espérait que ses parents et sa sœur ne les trouveraient jamais. Il se passa presque une semaine avant qu'un soir, au dîner, Mme Quimby demande :

– Ramona, qu'est-ce qui est arrivé à tes photos de classe ? La grand-mère d'Howie dit qu'il a les siennes.

Dans ce quartier, on ne pouvait vraiment pas avoir un secret.

Ramona prit une grosse bouchée de pomme de terre. Elle n'était pas censée parler la bouche pleine.

– Ta photo ne te ressemble pas, devina Beezus.

Ramona mâchait sa pomme de terre plus longuement qu'une pomme de terre n'en a besoin.

– Allez, Ramona, dit son père. On t'adore et on se fiche de quoi tu as l'air. Va les chercher.

Ramona avala, soupira, et alla chercher l'enveloppe grise. Elle la mit sous le nez de son père. Il prit les photos individuelles et les fit passer aux autres qui, comme Ramona s'y attendait, éclatèrent de rire. Elle prit son air qui voulait dire: «Vous me faites beaucoup de peine» et déclara:

– Vous êtes méchants avec moi.

– Je trouve que c'est une photo magnifique, dit M. Quimby en faisant un sourire à Ramona. Elle a su capturer la vraie Ramona.

– C'est pas vrai! s'exclama Ramona.

– Ton grand-père Day va adorer cette photo, dit Mme Quimby. Et ta tante Bea aussi.

– Maman, c'est cruel! Cette photo est horrible. Je la déteste.

Ramona se demanda si tout ça méritait de piquer une colère et décida que non. Peut-être qu'elle était trop grande pour piquer des colères. À la place, elle expliqua ce qui s'était passé avec Roberta et les petits pois. Elle conclut ainsi:

– Si Roberta avait mangé ses petits pois, j'aurais eu une jolie photo. Mais au moins, je ne crache pas par terre comme Roberta.

Mme Quimby tendit le bras et tapota la main de Ramona.

– On sait tous que tu es plus jolie que sur cette photo, dit-elle.

– Ça dépend des fois, dit Beezus.

Ramona fit mine d'ignorer sa sœur.

– Tous les enfants de l'école, à part Daisy, se sont moqués de moi. Et maintenant notre famille aussi va le faire, déclara Ramona.

Elle commençait à épuiser les raisons de s'apitoyer sur son sort.

– Et alors? dit Beezus. Quand on prendra la photo de famille pour notre prochaine carte de Noël, tu n'auras qu'à sourire deux fois plus pour compenser ta photo de classe.

Cela conduisit la famille à discuter de comment ils devraient poser sur la photo de leur carte de Noël, bien que Noël soit dans plusieurs mois. Puis plus personne ne parla de la photo de Ramona. À l'école aussi, tout le monde semblait l'avoir oubliée, peut-être parce que Mme Meacham avait mis en évidence une boîte décorée de cœurs qui, comme Ramona pouvait le constater, avait sans doute été utilisée par les nombreuses classes que Mme Meacham avait eues par le passé. Mme Meacham fit un petit discours expliquant combien il était important de ne heurter les sentiments de personne : chaque élève devait offrir une carte de Saint-Valentin à tous les autres élèves de la classe. Les professeurs de Ramona faisaient ce discours chaque année. Ramona savait qu'on pouvait résoudre le problème en achetant des kits qui contenaient assez de cartes pour toute la classe, des cartes débiles avec des phrases comme « C'est toit que j'aime » assortie du dessin d'une maison avec des yeux et une bouche, ou « Je roule pour toi » illustrée d'un ours conduisant une locomotive. Pour les amis spéciaux, certains joignaient un cœur en sucre d'orge avec «Sois mon Valentin» ou «Je t'aime» écrits dessus. Pour les amis vraiment spéciaux, les quatrième années, surtout les filles, fabriquaient des cartes de Saint-Valentin décorées avec des autocollants en forme de cœurs et de la dentelle en papier. C'était ce que Ramona préférait dans la Saint-Valentin.

Cette semaine-là, Ramona travailla à ses cartes de Saint-Valentin tous les soirs après le dîner. Bien sûr, elle fit celle de Daisy en premier. Elle y dessina un gros cœur rose entouré de fleurs avec les crayons de couleur que son père lui avait achetés. Elle en fit une autre avec des cœurs roses et rouges pour Janet et une autre, une banale carte de Saint-Valentin avec juste un cœur, pour Howie. Elle trouva que c'était quand même trop banal alors elle dessina un marteau, une scie et quelques clous autour du cœur. Howie aimerait ça.

La veille de la Saint-Valentin, elle écrivit les noms sur les cartes qu'elle avait achetées, laissant Ouistiti pour la fin parce qu'elle n'était même pas sûre de lui en donner une, quoi qu'en dise Mme Meacham. Puis elle se rendit compte qu'il ne lui restait plus de cartes. Si elle oubliait Ouistiti, Mme Meacham s'en rendrait-elle compte ? Oui. Mme Meacham se rendait toujours compte de tout. Œil de lynx comme elle était, Mme Meacham resterait sans doute après l'école, ouvrirait la boîte et examinerait les cartes de Saint-Valentin pour être sûre que personne n'avait oublié personne.

Ramona se tapotait le nez avec son stylo rouge et essayait de réfléchir. Les roses sont rouges, les violettes sont bleues

– non, ça n'irait pas. Tout le monde disait ça. Les roses sont roses, tu p… – non. Elle était fâchée contre Ouistiti mais pas tant que ça.

– Au lit, Ramona, dit M. Quimby.

Quand son père l'appela pour la troisième fois, Ramona était encore en train de réfléchir à sa carte de Saint-Valentin pour Ouistiti : quelque chose de pas trop doucereux mais de pas vraiment méchant non plus. Elle trouva Beezus en train d'étudier allongée sur son lit. Ramona s'assit sur son lit, enleva d'un coup de pied ses chaussures, et se mit à retirer ses chaussettes. Elle soupira bruyamment pour attirer l'attention de sa sœur, ce qui n'était pas pareil que de l'interrompre alors qu'elle travaillait.

Beezus leva les yeux de son livre.

– Quelque chose t'embête ? demanda-t-elle.

Ramona expliqua son dilemme. Beezus ne trouva pas que c'était un problème.

– Tu n'as qu'à lui donner une des photos de classe où tu fais une drôle de tête. Comme ça il ne saura pas si tu la lui donnes parce que tu l'aimes bien ou parce que tu ne l'aimes pas.

Beezus la raisonnable. Ramona aurait aimé y avoir pensé elle-même. Elle prit une photo, la fourra dans une enveloppe, écrivit DANNY dessus, se brossa les dents et alla au lit en espérant qu'il y aurait des cookies aux pépites de chocolat au goûter de Saint-Valentin de la classe.

Le lendemain après-midi, après que la cloche eut sonné la dernière heure, la dame de service de la classe de Mme Meacham arriva avec un plateau de cookies (au beurre de cacahouète, le deuxième parfum préféré de Ramona) et des cartons de punch rose. Mme Meacham ouvrit la boîte de Saint-Valentin et demanda aux chefs de classe pour la Saint-Valentin de distribuer les enveloppes.

Tout en mangeant ses cookies, Ramona classa ses cartes de Saint-Valentin. Plusieurs avaient l'air intéressantes et deux étaient bosselées, ce qui voulait dire qu'il y avait des cœurs en sucre d'orge dedans. Puis elle trouva celle qu'elle cherchait, une enveloppe sur laquelle le gribouillage montant de Ouistiti avait inscrit son prénom. Avait-elle fait une erreur en lui donnant sa photo ? Elle mordit dans son cookie et jeta un coup d'œil de l'autre côté de l'allée juste à temps pour voir Ouistiti tirer sa photo hors de l'enveloppe. Elle arrêta de mâcher. Il regarda sa photo, sourit et mit la photo dans la poche de sa chemise.

Ramona regarda rapidement ailleurs et ouvrit son enveloppe. Elle en tira, non pas une carte de Saint-Valentin, mais une feuille de papier toute simple avec un seul cœur. En grosses lettres qui ignoraient les lignes, il y avait écrit :

Si tu manges des petits pois en purée
Pense à moi avant d'éternuer.

Signé :
Ouistiti
Président

Un poème inventé ! Un poème que Mme Meacham n'avait aucune chance de lire. Ramona regarda Ouistiti et sourit. Puis elle plia avec précaution sa lettre de Saint-Valentin en tout petit jusqu'à ce que le bout de papier soit assez petit pour pouvoir entrer dans la petite boîte dans laquelle, chez elle, elle gardait ses dents de lait. Elle la garderait toujours.

# 11

## Reine d'un jour

Le printemps arriva enfin. Il ne pleuvait plus tous les jours. Les tondeuses à gazon vrombissaient à travers l'herbe hirsute de l'hiver. Les gens retournaient au parc. Tout le monde, et surtout Ramona, se sentait bien. Un soir, vers la fin de mai, la famille Quimby savourait pour changer un repas calme. Le téléphone ne sonnait pas. Roberta avait mangé et, épuisée à force de s'être tenue sur ses pieds en s'accrochant aux chaises, s'était endormie. Beezus et son père parlaient de quelque chose – Ramona n'y faisait pas attention parce qu'elle était occupée à examiner les cals qui commençaient à se former sur les paumes de ses mains. À l'école, aujourd'hui, les filles, celles qui aimaient bien se balancer aux anneaux, avaient encore comparé leurs cals. Cette pensée donna une idée à Ramona.

– Vous savez ce que je devrais faire pour mon anniversaire ? demanda-t-elle.

Sans attendre de réponse, elle poursuivit :

– Faire la fête d'anniversaire au parc. On pourrait jouer sur les anneaux et laisser tomber le jeu de la queue de l'âne et tous ces trucs de bébés.

– Je crois que ça sera possible si Beezus nous donne un coup de main avec Roberta, dit Mme Quimby. S'il ne pleut pas.

– Bien sûr que je donnerai un coup de main, dit Beezus. Le parc, c'est une bonne idée. Comme ça vous ne mettrez pas la pagaille dans la maison.

Bien qu'elle sache que sa sœur avait raison, Ramona ignora cette remarque et dit d'un ton rêveur :

– Imaginez un peu ! Je vais être une adolescente.

– Tu ne crois pas que tu t'avances un peu ? demanda M. Quimby.

– Non, c'est vrai, dit Beezus. Tu vas avoir dix ans.

– Donc être une adolescente, en quelque sorte, dit Ramona. Un plus zéro. Dix, c'est un nombre à deux chiffres.

Deux chiffres, ça fait sérieux et important.

– Et l'année prochaine, un plus un, et l'année d'après, un plus deux. Et puis treize, et puis quatorze.

Sa famille avait l'air amusée, mais Ramona s'en fichait. Elle était trop occupée à faire des projets.

– Et je ne veux pas de gâteau d'anniversaire. Je veux un grand saladier de crème fouettée.

Ramona préférait la crème fouettée épaisse, douce, mousseuse et sucrée au gâteau qui était parfois sec avec un glaçage tout mince.

– Pense aux calories, dit Mme Quimby qui pensait beaucoup aux calories depuis la naissance de Roberta.

– Et au cholestérol, ajouta M. Quimby qui disait parfois qu'il devrait suivre un régime.

– La crème fouettée, ça donne des boutons, dit Beezus qui passait beaucoup de temps à s'inspecter dans le miroir.

Ramona trouvait toutes ces inquiétudes ridicules, alors elle les ignora. Elle se laissa aller en arrière sur sa chaise, ferma les yeux et pensa à un grand saladier de crème fouettée. Posé sur une table dans le parc. Entouré de cadeaux d'anniversaire.

Avec le soleil qui brillait à travers les sapins.

– Mais où mettras-tu les bougies? demanda Beezus.

Ramona ouvrit les yeux. Elle n'avait pas pensé aux bougies. «On peut les planter dans la crème fouettée» fut la meilleure réponse qui lui vint à l'esprit.

Bien sûr Beezus trouva ce qui clochait.

– Si tu souffles assez fort pour éteindre les bougies, tu vas envoyer de la crème fouettée partout.

Ramona resta silencieuse. Elle aimait bien l'idée de voir la crème fouettée volant au-dessus de la table avec ses amis se baissant subitement en criant. Mais après, la crème fouettée serait gâchée. Beezus avait raison, ce que Ramona trouva assez agaçant.

Mme Quimby, pressentant les ennuis, dit rapidement:

– Je pourrais faire un gâteau avec de la crème fouettée comme glaçage.

– D'accord, dit Ramona. Un gâteau au chocolat avec de la crème fouettée bien épaisse.

Ce soir-là, Ramona s'assit à la table de la cuisine pour travailler à sa liste d'invités : trois filles qui étaient de bonnes amies, quatre autres qui avaient invité Ramona à leurs fêtes d'anniversaire. Elle lut sa liste à sa mère.

– Et Susan ? demanda Mme Quimby. Tu es allée à son anniversaire.

Ramona fit une grimace.

– Oui, mais je ne me suis pas amusée.

– Ça n'a rien à voir, dit Mme Quimby. Et je crois qu'il est temps que Susan et toi appreniez à vous entendre.

À contrecœur, Ramona ajouta d'une écriture malhabile le nom de Susan sur sa liste. Elle avait essayé, assez fort, de s'entendre avec Susan qui agitait toujours dans tous les sens ses feuilles au haut desquelles Mme Meacham avait écrit : « Excellent ! », « Bon travail ! » ou « Orthographe : parfait ! » Elle espérait que Susan ne viendrait pas. Elle ne voulait pas entendre sa mère lui dire de jouer gentiment avec Susan ou son père lui expliquer qu'il fallait qu'elle arrête ses histoires idiotes avec Susan.

En fin de compte, tout le monde accepta, même Susan. Le jour de l'anniversaire de Ramona – jour le plus important de l'année, après Noël –, il n'y avait que quelques petits nuages dans le ciel. Ramona ouvrit les cadeaux de sa famille au petit-déjeuner. Après qu'on lui eut servi des gaufres avec des myrtilles, elle chanta : « Ô jour frableux ! Callouh ! Calloc* », mots joyeux qu'elle avait lus dans un livre sur une fille nommée Alice.

* Lewis Carroll, *De l'autre côté du miroir*, traduction d'Henri Parisot, éditions Aubier-Flammarion.

Puis le téléphone sonna. Beezus réussit à le saisir avant Ramona. L'appel venait d'un voisin qui avait une urgence et qui avait besoin d'une baby-sitter tout de suite.

– S'il te plaît, s'il te plaît, maman, je peux y aller? supplia Beezus. Ils sont très gentils et ont toujours assez de monnaie.

– Mais c'est l'anniversaire de Ramona, lui rappela Mme Quimby.

– Ça me va, dit Ramona qui se réjouissait d'avoir sa mère pour elle toute seule.

Accompagnée de Roberta bien sûr. Elle aimait bien aussi avoir l'impression d'être gentille avec Beezus.

– S'il te plaît, maman, supplia Beezus. Je ne veux pas que quelqu'un d'autre prenne ce boulot.

Mme Quimby, qui était en train de glisser le gâteau fourré dans le four, accepta à contrecœur.

Puis il y eut plusieurs coups de téléphone pour Ramona : Grand-papa Day qui appelait depuis la résidence de mobil-homes où il habitait et où il était champion de tennis de table ; tante Bea et oncle Hobart depuis l'Alaska, où Ramona les imaginait entourés par les phoques et les ours polaires qu'elle avait vus à la télévision. Une délicieuse odeur de gâteau au chocolat en train de cuire envahit la maison, et les quelques nuages qui parsemaient le ciel tout bleu restèrent aussi mousseux que de la crème fouettée. Cette journée s'annonçait magnifique.

Roberta fut enfin, enfin lavée. Elle était vêtue de sa salopette en velours rouge. Ramona lui enfila son petit pull. Elle se demandait si Roberta apprendrait un jour à tenir ses poings de telle façon que ses mains glissent dans les manches sans résistance. Le gâteau était recouvert de volutes de crème fouettée. Dans la voiture, le pique-nique avait été installé à côté de Roberta dans son siège auto, de son sac de couches et de son ours en peluche. Ramona boucla sa ceinture de sécurité avec une précipitation qui en disait beaucoup sur sa bonne humeur.

– Ouf, s'exclama Mme Quimby en mettant le contact. On est en route.

Par chance, la table de pique-nique que voulait Ramona, celle qui se trouvait entre le petit bassin et le terrain de jeu, était libre. Mme Quimby sortit Roberta, le siège auto et tout son bazar, et la posa sur l'herbe, là où Ramona pouvait garder un œil sur elle. Roberta agita ses mains et ses pieds en gazouillant, jusqu'à ce que Ramona la libère et l'aide à marcher sur l'herbe en la tenant par les mains. Le jeu de bascule cognait, les anneaux faisaient un bruit métallique, des enfants s'éclaboussaient dans le petit bassin, des balles de tennis rebondissaient.

Cette magnifique journée était de mieux en mieux. Les invitées de Ramona, portant toutes des paquets très intéressants, arrivèrent en courant. Bien sûr, Susan était parmi elles. Elle était la seule à porter une robe et non des vêtements qui ne craignaient rien. Roberta, rampant de plus en plus vite, se dirigeait vers le petit bassin alors que les filles empilaient leurs cadeaux sur un banc. Ramona l'attrapa et la ramena.

– Salut, les filles, s'exclama Mme Quimby tout en disposant les fourchettes et les cuillères en plastique sur la nappe à carreaux et en versant le punch dans des gobelets en carton.

Sans un mot de bon anniversaire, les invitées se ruèrent sur Roberta en gazouillant et en poussant des petits cris d'admiration.

– Regarde ses petits doigts avec ses minuscules petits ongles !

– Elle est si mignonne !

– J'aimerais bien avoir une petite sœur.

– Regarde ses petites dents quand elle sourit !

Souriante, Roberta partit en rampant. Les filles l'attrapèrent et la ramenèrent. Roberta avait inventé un nouveau jeu auquel les filles participaient activement : l'attraper et la ramener ensuite.

Ramona se sentait délaissée. Elle connaissait par cœur les mains et les pieds minuscules de Roberta. Tous les bébés avaient les mêmes. Elle connaissait aussi ses dents. Quand Roberta faisait ses dents, Ramona avait supporté ses gémissements et avait essuyé sa bave. Elle s'émerveillait des progrès de Roberta, mais pas aujourd'hui. C'était son anniversaire, son jour à elle, pas celui de Roberta. Ramona s'assit à côté de sa pile de cadeaux et fronça les sourcils.

– Ramona ! murmura Mme Quimby tout en disposant les sandwichs au thon et les bâtonnets de carottes. Tiens-toi bien ! Souris !

Ramona leva les coins de sa bouche : c'était presque un vrai sourire. Roberta, fatiguée par tant d'excitation, se mit à s'agiter jusqu'à ce que Mme Quimby la prenne dans ses bras.

Puis, alors qu'elles se réunissaient autour de Ramona pour la regarder ouvrir ses cadeaux, les amies de Ramona se souvinrent qu'il fallait qu'elles lui souhaitent son anniversaire. « C'est mieux comme ça », se dit Ramona en défaisant les nœuds, en ouvrant les cartes et en déchirant le papier fantaisie qui contenait des livres de poche, des barrettes, du papier à lettres, une grande boîte de crayons et une grenouille en peluche toute molle, tandis que sa mère, avec Roberta en équilibre sur sa hanche, plantait les bougies dans le glaçage en crème fouettée.

Puis, alors que les filles étaient en train de manger leurs sandwichs et leurs bâtonnets de carottes, l'une d'elles s'exclama :

– Regardez ! Il y a Danny !

Toutes regardèrent pour voir Ouistiti et deux autres garçons en train d'escalader les toboggans. Ramona savait qu'ils se sentaient trop vieux pour les descendre, alors ils devaient crâner en les escaladant.

– Ouh ! Ouh ! les garçons ! hurlèrent les filles.

En entendant ça, Ouistiti et ses amis arrivèrent en courant et en poussant des cris. Toutes les invitées hurlantes de Ramona disparurent alors sous la table pour se cacher sous la nappe. Roberta éclata en sanglots. Mme Quimby essaya de la calmer, mais elle criait de plus en plus fort, son visage se plissait et des larmes y dégoulinaient.

– Ouistiti, va-t'en! ordonna Ramona qui ne voulait pas que Ouistiti gâche son anniversaire. Tu fais peur à ma petite sœur.

Les garçons, toujours en hurlant, retournèrent vers le terrain de jeux.

– Vous pouvez sortir maintenant, ordonna Ramona à ses invitées pas vraiment parfaites.

Roberta arrêta de crier et eut l'air surprise de voir les filles ramper de dessous la table. Mme Quimby ramena le bébé dans son siège auto posé sur l'herbe, où, épuisée, elle s'endormit. Tant bien que mal, avec l'aide de Ramona, Mme Quimby réussit à servir à tout le monde de la crème glacée. Elle alluma les bougies et dit:

– Fais un vœu.

Ramona ferma les yeux. Elle ne savait

pas quel vœu faire. De nouveaux patins? Que Susan soit transférée dans une nouvelle classe à l'école? Elle se décida pour un vœu universel: je souhaite que tous mes vœux se réalisent. Puis elle éteignit toutes les bougies d'un seul coup.

– Pas de gâteau pour moi, s'il vous plaît, dit Susan. J'ai apporté une pomme.

Les filles la regardèrent, ébahies, sortir une pomme de sa poche. Ne pas manger de gâteau d'anniversaire. Tout le monde mangeait du gâteau d'anniversaire.

– Tu as peut-être mis du crachat sur le gâteau en soufflant dessus, expliqua Susan.

Ramona était choquée.

– Je n'ai pas craché sur mon gâteau d'anniversaire, informa-t-elle Susan, tandis que sa mère continuait à servir du gâteau comme si rien d'affreux n'avait été dit.

Susan était très sûre d'elle-même.

– Peut-être que si. Il peut y avoir des

tout petits bouts de crachats si minuscules qu'on ne peut pas les voir.

Les filles se mirent à glousser. Avec son petit air supérieur, Susan ajouta :

– Ma mère dit que c'est malsain de souffler les bougies et que le gâteau, ça donne des caries.

Elle croqua un bout de sa pomme.

Les filles arrêtèrent de glousser et regardèrent pensivement leurs parts de gâteau.

– Tu manges du gâteau aux anniversaires des autres, dit Ramona, indignée. Je t'ai vue.

Susan avait réponse à tout :

– Oui, mais c'était avant que ma mère lise un livre sur comment rester en bonne santé.

Alors Daisy intervint :

– Je trouve que c'est débile. Moi, je vais manger mon gâteau. J'ai mangé du gâteau d'anniversaire toute ma vie et je suis encore vivante.

Ramona était heureuse d'avoir Daisy comme meilleure amie. Susan continuait de croquer dans sa pomme. Elle fronça les sourcils. Apparemment, elle n'aimait pas qu'on dise que sa mère et le livre qu'elle avait lu étaient débiles.

– Très bien, les filles, dit Mme Quimby d'un air radieux. Vous n'êtes pas obligées de manger votre part de gâteau si vous n'en avez pas envie.

Et, habituée aux crachats des Quimby, elle prit une bouchée de son gâteau.

– J'espère qu'il y a un ver dans ta pomme, murmura Ramona à Susan.

Trois filles enlevèrent avec précaution la crème fouettée de leurs gâteaux. Deux ne touchèrent pas à leurs parts, mais mangèrent de la crème glacée. Les autres mangèrent comme si de rien n'était.

– Je trouve que vous êtes toutes stupides, dit Daisy à celles qui ne mangeaient pas. Si on ne peut pas voir le crachat, c'est peut-être qu'il n'y en a pas.

– Tu ne vois pas les microbes et pourtant ils peuvent te rendre malade, déclara quelqu'un.

Deux filles laissèrent tomber leurs fourchettes en plastique.

– Je n'ai pas de microbes ! s'exclama Ramona.

– Bien sûr que si, répliqua quelqu'un. Tout le monde a des microbes. Tu ne peux pas les voir, mais ils sont là.

Tout ça déboucha sur une discussion sur les microbes : « à quel point ils sont petits », « est-ce qu'ils restent ensemble ? », et « peuvent-ils sauter ? »

Même si elle soupçonnait sa mère de trouver ça amusant, Ramona s'adressa sérieusement à ses invitées :

– On n'est pas censé parler de microbes à la fête d'anniversaire de quelqu'un.

Une fois de plus, Daisy intervint :

– On s'en moque : c'est rien que quelques petits microbes. C'est pas comme ramasser quelque chose sur le trottoir ou mordre dans quelque chose que quelqu'un était en train de manger.

Toutes les invitées, à part Susan, se mirent à manger leur part de gâteau qui, après tout, avait l'air délicieux.

– Alors, Susan ? dit une des filles avant de prendre une grosse bouchée de gâteau.

– Regarde ce que tu rates, dit une autre.

Tout le monde, à part Susan, était d'accord pour dire que de la crème fouettée, c'était meilleur que du glaçage. Elles voulaient toutes avoir elles aussi de la crème fouettée sur leurs gâteaux d'anniversaire.

À la surprise générale, Susan jeta sa pomme dans l'herbe sans même essayer de viser la poubelle. Son visage se plissa comme si elle était sur le point de fondre en larmes. Ramona était stupéfaite. Les gens ne pleurent pas aux goûters d'anniversaire, sauf quand ils sont petits et que leurs mamans leur manquent. Un silence accablé régnait parmi les autres filles.

– Eh bien, Susan, dit Mme Quimby en mettant un bras réconfortant autour de ses épaules. Qu'est-ce qui ne va pas, ma chérie ?

– Tout, répondit Susan entre deux sanglots. Personne ne m'aime et tout le monde aime Ramona.

– Tu es censée aimer les gens quand ils fêtent leur anniversaire, essaya d'expliquer Ramona pour arranger les choses.

– Je ne veux pas dire juste à ton anniversaire, dit Susan avec un serrement de gorge larmoyant. Je veux dire tous les jours. Des gens ont même fait des cartes de Saint-Valentin pour toi. Toutes les miennes avaient été achetées. Tu n'es pas parfaite et tout le monde s'en fiche.

Ramona avait des doutes sur la partie qui concernait le fait que tout le monde s'en fiche. Prenez Mme Meacham et l'orthographe par exemple.

– Moi, je dois être parfaite tout le temps, dit Susan dont le menton tremblait.

«C'est horrible», pensa Ramona qui commençait à avoir pitié de Susan.

– Personne n'est parfait, rappela Mme Quimby à Susan. Je pourrais te raconter plein de choses sur Ramona. Comme la fois où elle était en train de jouer chez Daisy...

– Maman! cria Ramona.

Les invitées de Ramona furent immédiatement alléchées par ce noir secret sur le point d'être révélé. Mais Mme Quimby, satisfaite d'avoir détourné leur attention, ne finit pas sa phrase.

Susan était trop absorbée par ses problèmes pour être curieuse. Elle renifla et dit :

– Même Ouistiti aime bien Ramona.

Ramona baissa les yeux avec modestie. Les autres filles gloussèrent. Mme Quimby serra Susan dans ses bras et dit :

– Courage ! Les choses ne vont souvent pas aussi mal qu'il n'y paraît.

– C'est vrai, acquiesça Ramona. J'ai survécu à l'orthographe.

Ces mots semblèrent réconforter Susan.

– Peut-être que je pourrais manger un petit bout de gâteau, avança-t-elle en reniflant. Je ne pense pas que ça ennuie maman du moment que je ne mange pas de crème fouettée et que je me brosse les dents dès que je rentre à la maison.

Ramona était soulagée que les autres filles ne se moquent pas de Susan. Ça devait être terrible de devoir toujours être parfaite alors que tous les autres étaient imparfaits et pleins de défauts une partie du temps, et peut-être même la plupart du temps. Elle se sentait vraiment désolée pour Susan.

Mais l'attention des autres filles avait été détournée des ennuis de Susan.

– Madame Quimby, racontez-nous ce qui s'est passé quand Ramona était en train de jouer chez Daisy, demanda une des filles.

Heureusement, à ce moment-là, Roberta se réveilla, se sentit humide et délaissée, et se mit à pleurer. Susan réconfortée, Mme Quimby alla voir Roberta pour la changer et la calmer.

Daisy, désireuse que Mme Quimby ne réponde pas à la question à son retour, dit:

– Et si on regardait qui a les plus gros cals ?

Alors elles levèrent les mains, les cals furent examinés et tout le monde fut d'accord pour dire que celles qui habitaient le plus près du parc avaient de la chance. Ramona était tranquille : avant la fin de l'été, elle aurait des cals fantastiques.

Mme Quimby finit de changer Roberta et revint près de la table avec un bébé souriant dans les bras. Avant que quiconque ait le temps de demander ce qui s'était passé chez elle, Daisy dit :

– Allons jouer aux anneaux.

Les filles, même Susan, quittèrent la table tant bien que mal. Mais se souvenant de leurs bonnes manières, elles dirent à l'unisson avant de courir vers les anneaux :

– Merci pour ce goûter.

Mme Quimby commença à débarrasser la table de sa main libre, et bien qu'elle ne soit pas sûre que la reine du jour doive ranger après sa propre fête, Ramona se sentit obligée de l'aider. Après tout, elle habitait près du parc, et elle avait tout le temps de se balancer aux anneaux quand l'école était finie.

– Tu sais, Ramona, dit Mme Quimby, la mère de Susan n'est pas la seule à avoir lu un livre. Celui que j'ai lu dit que dix ans est l'âge le plus joli pour grandir. Il dit qu'avoir dix ans c'est merveilleux et agréable.

– C'est tout moi, dit Ramona qui se sentait soudain baigner dans l'agréable et le merveilleux.

Mme Quimby déposa un baiser sur les cheveux de Ramona avant de changer de sujet :

– Je me demande ce qu'on pourrait faire de ce qu'il reste de gâteau. La crème fouettée ne se garde pas très longtemps.

Ramona aperçut Ouistiti et sa joyeuse bande qui couraient dans l'herbe.

– Nourrissons les garçons, dit-elle à sa mère.

Elle cria :

– Eh, Ouistiti ! Tu veux un peu de gâteau d'anniversaire ?

– Bien sûr, dit Ouistiti avant de ramasser la balle de tennis qu'un joueur débutant avait envoyée au-delà de la clôture pour la relancer.

Puis, lui et ses deux amis arrivèrent en courant.

Ramona saisit le couteau et découpa maladroitement le reste du gâteau en trois parts. Les garçons prirent leur gâteau avec leurs doigts et se mirent à chanter, entraînés par Ouistiti :

– Joyeux anniversaire… joyeux anniversaire, chère Ramona. Tu habites dans un zoo…

Ramona put ignorer la partie sur le zoo parce que, secrètement, elle se réjouissait que Ouistiti l'ait appelée «chère Ramona», même si ça faisait partie d'une chanson que tout le monde connaissait.

Les garçons finirent leur gâteau, léchèrent leurs doigts pleins de microbes et les essuyèrent sur le fond de leurs pantalons pleins de microbes.

– Merci pour le gâteau d'anniversaire, dit Ouistiti à qui l'on avait dû apprendre les bonnes manières, même s'il ne les montrait pas à l'école. Joyeux dixième anniversaire.

– Un plus zéro, précisa Ramona. Je suis une adolescente à deux chiffres maintenant.

Ouistiti réfléchit un instant.

– Je n'y avais jamais pensé de cette façon.

Il partit en courant vers la pelouse.

– Je suis une adulte potentielle ! lui cria Ramona.

– Moi aussi ! cria en retour Ouistiti.

– Viens, Ramona, cria une des filles. C'est ton anniversaire.

– Vas-y, dit Mme Quimby en ramenant Roberta à son siège auto.

– J'arrive, répondit Ramona.

Ses doigts tout collants empêcheraient que ses mains glissent des anneaux. Le ciel était bleu, des enfants riaient encore et s'éclaboussaient dans le petit bassin, les anneaux faisaient un bruit métallique. Elle se sentait mieux à propos de Susan. Ouistiti l'aimait bien. C'était une journée parfaite… enfin, pas vraiment, mais presque.